妹妹進入女騎士學園就讀，不知為何成為救國英雄的人竟是我。2

After my sister enrolling in Girl Knights'School, I become a HERO.

Kadokawa Fantastic N

Kanade
銀髮
女僕
~~其實是暗殺者~~
奏

要小心別讓鈕釦被胸部彈飛……
不然主人會醒來……

欸，鈴葉，差不多該換我了吧？

當然了，我不可能騎哥哥以外的男性肩膀，
所以請你放心。

現在這裡只有我們兩個人——
所以讓我直呼你的名字吧？
——謝謝你
救了我的命，
謝謝你至今
一直支持我。

將來也請你
多多關照——

Contents

妹妹進入女騎士**學園**就讀，
不知為何成為救國**英雄**的人
竟是我。**2**
After my sister enrolling in
Girl Knights'School, I become a HERO.

奪回邊境伯爵領 010

秘銀礦山與再遇白髮吸血鬼 061

簽約儀式 129

叛變、殲滅，以及凱旋遊行 195

終章 244

妹妹進入女騎士學園就讀，不知為何成為救國英雄的人竟是我。

After my sister enrolling in Girl Knights'School, I become a HERO.

2

author.

ラマンおいどん

插畫 なたーしゃ

Kadokawa Fantastic Novels

1章

1 奪回邊境伯爵領

就在我完全搞不清楚狀況便成為邊境伯爵的第二天。
一早就被橙子小姐傳喚，前往王宮。
橙子小姐端坐在女王的辦公室裡，楪小姐和我的妹妹鈴葉站立在她身旁。
她們三人昨晚似乎辦了只有女孩子的聚會。
在新女王即位這個重要的日子，妹妹居然能獨占女王和公爵千金的私人時間，我這個哥哥感到非常驕傲。
我的妹妹該不會是這個國家裡最有人脈的人吧？
不過這方面先暫且不提。
「昨天怎麼樣啊，鈴葉兄？成為貴族後過了一天的感想如何？」
「真是累死我了。」

「咦？」

「橙子小姐宣布那個消息後，登基舞會時一直有陌生貴族來找我搭話，就連結束後也沒有停過喔。結果根本沒辦法好好吃壽司，好不容易逃回家時已經是半夜了。而且今天早上家裡還收到一大堆信，這到底是怎麼回事啊？」

「鈴葉兄有看過信裡內容了嗎？」

「沒有，我一封也沒看。如果想跟我問候的話，登基舞會時所有出席的貴族都和我說過話了，完全不曉得為什麼會有那麼多封信。」

「那些可能大多是相親或是結婚的要求。」

「咦——？」

「這麼做也是十分正常的。我想現在這個國家裡，應該不會有貴族愚蠢到不想拉攏像鈴葉兄這樣威望如日中天的人。畢竟那種低能貴族之前早就被鈴葉一一肅清了。」

橙子小姐面帶笑容說出很可怕的事，一旁的樸小姐聽了也點了點頭，一副這也是理所當然的模樣。

「沒錯。但我希望你絕對不要忘了，最先挖掘你的人是我——也就是櫻木公爵家。公爵家是你的監護者，我和父親大人都沒有放棄這個立場的意思。這點你應該明白吧——」

「大、大概明白……」

「所以呢，我們當然也會慎重替你挑選結婚的對象。另外我們也會考量你身為邊境伯爵的地位，甚至如果你將來累積功績提升爵位，仍會為你選擇配得上你的對象，所以完全不必擔心這方面的事。」

「我怎麼從來沒聽說這回事！」

「不、不過嘛，如果要找個既配得上你的地位，同時兼具戰鬥能力的對象……到時候很有可能會選到有點粗魯的女性，這點希望你能包容……！」

「為什麼我的妻子得要有戰鬥能力！」

「既、既然是你這輩子的伴侶，就得擁有足夠的實力在你的身後守護你啊！」

「結婚對象的條件未免太偏頗了！」

我本來就不怎麼受到女性歡迎，要是再加上這種條件，可能這輩子都找不到結婚對象。即使是玩笑話也難以接受。

「——總之先把楪小姐的玩笑擺在一邊。」

「我又沒有開玩笑。」

「聽妳們這麼一說我才想起來，昨天確實被許多貴族問了很多問題。」

「嗯。他們問你什麼？」

「他們問我是否已婚，有沒有交往對象。我當時還以為只是閒談。」

「因為打聽消息是非常重要的。再說即使無法結為姻親，儘早接近你也同樣重要。」

「喔……」

「即使你是救國英雄，在貴族社會當中依然只是新人。所以只要趁現在跟你打好關係，等你爬上更高的地位時，他們就可以雙手抱胸，用欣慰的嘴臉宣稱：『羅安格林邊境伯爵是由我一手培養的。』」

「我完全沒有打算往上爬啊？」

「那只是看待事物的角度不同罷了。以防萬一，我要先提醒你，只要你繼續待在王都，今後來提親的人只會愈來愈多。畢竟對於貴族來說，要是在成功攏絡你之前被別人搶走，一切就完了。」

「怎麼會這樣！」

各位貴族對我懷有難以理解的期待，這讓我感到很困擾。

「那麼我到底該怎麼辦才好……？」

「其實很簡單啊，鈴葉兄。」

「橙子小姐！」

真不愧是女王，居然能輕易想出如何處理這個狀況，真是太感激了。

儘管我覺得自己會為了這種事煩惱，橙子小姐要負起絕大部分的責任，但是這點現在姑

且不論。

「只要留在王都就會被其他貴族糾纏，所以你只要逃到自己的領地，直到風波過去就可以了。」

「我的領地？有那種地方嗎？」

「你可是邊境伯爵，當然有屬於你的領地。」

「我還以為只是名義上的爵位。」

「好吧，實際上也可以雇用執事管理領地，但是你才剛當上羅安格林邊境伯爵，所以打從一開始就全都交由別人管理也不太好。我想你可以前往自己的領地避避風頭，直到澈底掌握領地的情況。」

「原來如此。」

既能擺脫貴族的糾纏，同時也能完成工作，真是一舉兩得。就在我感嘆橙子小姐這個女王實在令人敬佩時——

「所以你去領地的時候，可以順便把領地拿回來喔。」

「……啊？」

「我忘記跟鈴葉兄說了，你的領地現在全被敵國占領嘍。」

……妳說什麼！

2

「哎呀，我就覺得這整件事都很奇怪。」

我們已經離開王都過了幾天。

走在通往羅安格林邊境伯爵領的險峻山路上，我對著鈴葉抱怨：

「讓我當上貴族這點很奇怪，但是知道領地在那場前王子們發動的戰爭當中全被奪走之後，就能理解了。到頭來一點好處也沒有嘛。」

「不過羅安格林邊境伯爵家族在這個國家也是數一數二的名門貴族喔，哥哥。但是他們非常自以為是，而且既愚昧又無能，所以整個家族遭到楪小姐肅清。」

「這樣反而讓人搞不清他們到底算不算名門——鈴葉，情況怎麼樣？」

「一切平安，哥哥。」

鈴葉現正騎在我的肩上警戒四周。

這種深山會有魔物出沒，甚至可能有山賊，因此警戒是不可或缺的。

通常是由我來負責警戒，但是鈴葉表示「我想負責警戒，這也算是成為獨當一面的女騎士必經的訓練」因此在前往羅安格林邊境伯爵領的途中，鈴葉一肩扛下這個職責，騎在我的肩膀上警戒。

「話說鈴葉，我一直在想，妳騎在我的肩膀上警戒了一整天，難道不會累嗎？下來休息一下吧？」

「我一點也不會累。而且哥哥也很清楚，在比較高的地方警戒會更有利。」

「嗯，確實是這樣沒錯。」

「當然了，我不可能騎哥哥以外的男性肩膀，所以請你放心。」

「我又沒有問妳這個。」

先不論是對哪方面感到放心，但在得知鈴葉不會讓鼠蹊部和其他男人的後腦杓緊密接觸，也不會用經過鍛鍊的大腿纏住其他男人的脖子，更不會把豐滿到令人懷疑的巨乳擺在其他男人的頭頂後，身為哥哥的我稍微放心了。

至於我是她的哥哥，所以倒是無所謂。

況且當鈴葉騎在我的肩膀警戒時，只要她一有任何動作，就能感受到各個部位在我身上搖晃、摩擦、緊貼。

如果不是妹妹的話就太糟糕了。

然後——

楪小姐一邊拉了拉鈴葉的裙子一邊說道：

「欸，鈴葉，差不多該換我了吧？」

「不要。話說為什麼楪小姐要跟著哥哥一起來?我和哥哥要去的地方是哥哥的領地，應該和櫻木公爵家無關吧？」

「這還用問。我可是鈴葉的兄長獨一無二的夥伴，所以讓夥伴沒有後顧之憂當然比家裡的事還重要啊。」

「這可不像大貴族會說的話喔？」

「父親大人可是很樂意送我出門喔。不過要不是鈴葉的兄長是我國當今最受期待的人，可能也沒辦法這麼輕易跟來吧。」

「……公爵家判斷讓妳和哥哥待在一起是最好的選擇嗎……！唔！這就是所謂的捨名求實……！大貴族這種人真是不容小看……！」

雖然我不太懂，但是鈴葉似乎能夠理解楪小姐為何要跟著我們一起去羅安格林邊境伯爵領的理由。

我還是一肚子的疑惑就是了。

聽聞我的困惑，楪小姐有些沮喪地說道：「我想和你一起去，不可以嗎……？」所以我

也沒辦法繼續追問。

這些事暫且不論。

不知為何得意洋洋的楪小姐笑容滿面地望著我，如此說道：

「欸，你也跟鈴葉說一下吧，該輪到我騎肩膀了。」

「絕對不行。」

「為什麼啊——！」

這還用問嗎？

豐滿的大腿緊貼脖子，讓我無時無刻都能感受大腿的觸感。頭上還有兩顆有如橡膠球的碩大哈密瓜像個錘子一樣晃來晃去。至於身後飄來女孩子特有的柑橘香氣，更加刺激我的感官——如果這一切全都來自楪小姐，我真的會忍耐得很辛苦。

正當我在思考應該如何委婉解釋時——

「啊，停一下，楪小姐。」

「怎麼了嗎？」

「有陷阱。」

「……在哪裡？」

「就在這裡。」

我指出部分地面的顏色有些微不同，樸小姐仔細觀察了好幾次後才恍然大悟，有些激動地拍手叫好。

「真虧你能注意到。除了你之外的人絕對沒辦法發現吧？」

「光看地面的顏色也看不出來。我是覺得魔力的流動有些不自然，感覺這裡怪怪的才會發現的。」

「我想只有你才能用這種方式找到吧……？」

我謹慎挖掘那片不自然的地方，發現裡面藏著經過巧妙偽裝的設置型魔法陣。

「……這是獵人設下的陷阱嗎？」

「這一帶是之前那場戰爭的戰場。由於前王子率領的軍隊被打得七零八落，根本稱不上是戰爭……可能是當時留下來的魔法陣。」

「那麼把它處理掉吧。」

「嗯，這麼做比較好。」

雖然我覺得可能是獵人的陷阱，但是樸小姐認為獵人不會使用魔法陷阱。

既然如此就應該加以處理。

為了安全起見，我從遠處撿起一塊石頭，扔向陷阱觸發魔法陣。

「嘿！」

咚轟轟轟轟轟轟轟轟——————！

當場引發比我想像的還要大上百倍的爆炸。

由於爆炸的威力實在太大，鈴葉和樑小姐都愣在當場，即使裙襬被爆風吹得翻起來也顧不得了。

煙霧散去，地上出現一個直徑大約二十公尺的坑洞。

「……這、這是……哥哥……？」

「我想一定不是獵人的陷阱……」

「當然不是。不管是什麼野獸，只要觸動這種陷阱都會被炸得粉身碎骨吧。只是話說回來……」

樑小姐不知為何從背後緊緊抱住我。

過於豐滿的胸部擠壓在身上，柔軟的觸感遍及整個背。

「看來今天又被你救了一命……呵呵呵。」

我很想對樑小姐說她搞錯了。

因為如果沒有我，樑小姐根本不會出現在這種地方。

不過我可以預見要是說出這件事，楪小姐就會淚眼汪汪地怒道：「你這個男人真的很不會看場合！我可是在對你表達謝意喔！」所以選擇保持沉默。

3

我們穿越原野與山林，終於來到一個旅宿小鎮。

「過了這裡就能抵達羅安格林邊境伯爵領，也就是你的領地了。」

「可是楪小姐，我的領地現在全被敵國占領了吧？」

「沒錯，所以這個旅宿小鎮就是實際上的國界。」

我們一邊談論這個話題一邊進入旅宿小鎮後，發現有一名少女站在街道正中央，直勾勾地望著我們。

那名面無表情的少女是個可愛到令人驚訝的美少女，然而顯得與四周格格不入。

少女有著銀色雙馬尾與褐色皮膚，是個爆乳蘿莉，此外還穿著女僕裝。

可以這麼說吧。

就像是個可疑的寶石盒。

「哥、哥哥，那個人到底……？」

「噓，不要隨便亂看。」

多一事不如少一事。

我們裝出尋找旅館的模樣，很自然地走向別條路，避開那名少女——

女僕小姐彷彿瞬間移動一樣，理所當然地擋在我們前進的方向上。

咦咦咦咦！

「那個，呃——？」

「毫髮無傷穿越那個地雷區……你通過……奏的第一次主人考驗……！」

「我聽不懂妳在說什麼喔！」

「……奏來迎接新主人。」

「不是，從妳剛才的動作來看，根本就是暗殺者吧！」

「……你想太多了。」

「我才沒有想太多！妳剛才瞬間跑到我們面前吧！嗖一下的！」

「能無聲無息待在主人身邊，才是能幹的女僕。」

「真的是這樣嗎？」

不過聽她這麼一說，我便想起在公爵家見到的女僕確實幾乎無所不能，所以她說的是真

的嗎……？

「我覺得絕對不是，哥哥。」

「絕對沒這回事。身為公爵家之女的我可以如此斷言。」

「……這只是細枝末節，不重要。」

確實，怎樣才算得上能幹的女僕並非現在的重點。

「呃，妳到底是誰？」

「奏是服侍羅安格林邊境伯爵家的女僕當中唯一的倖存者。名字是奏。請多指教。」

「原來是這樣。」

「奏的身高是一百四十二公分，體重是祕密。三圍從上到下是一百——」

「這就不必說了！」

「可是前任主人非常想知道這些。」

見到奏一臉驚訝，我轉頭望向楪小姐，詢問她奏這句話是什麼意思。

楪小姐望著遠方說道：

「這個嘛，該怎麼說呢……羅安格林邊境伯爵整個家族似乎都很喜歡巨乳蘿莉。這倒也沒什麼好隱瞞，他們在我和橙子小時候就會用下流的眼神盯著我們。」

「哇啊……」

「不過他們的性癖在貴族裡還算是正常了……」

「……不正常的性癖到底是……？」

「你想知道嗎？某個貴族可以暢談快一個小時的戀屍癖（Necrophilia）喔。」

「恕我拒絕。」

我很清楚貴族的性癖是深不見底的黑暗了。

「……就是這樣，奏將會服侍新的主人。」

「好好好。」

於是個人特色強烈的女僕少女加入了我們的隊伍。

*

先不管奏過剩的屬性，她確實是個很有才幹的人。

「這是彙整了敵軍現在占領情況的資料。」

我們在旅館裡召開作戰會議時，如此說道的奏遞出一份報告，其中記載著各種我們現在最想要的情報。

「哥哥！上面詳細記載敵軍的位置還有人數……！」

「你看！各個城鎮的損害情況和糧食儲備也都調查得很清楚！」

「不僅如此，還有敵軍司令官的名字和長相，甚至連他們戰鬥的習慣都有……！」

「欸嘿。」

受到大肆讚美的奏看似面無表情，不過這個抬頭挺胸的模樣很可能是她得意的樣子。

「你看，既然有這麼多情報，就很容易擬定作戰計畫了。」

「嗯，妳說得對。」

「我原本以為只要把發現的敵軍一一揍飛就好了。」

「那樣會不會太亂來了！」

「開玩笑的。雖然是簡單又有效的計畫，但是如果我們這麼做，城鎮會遭受毀滅性的損害。不過根據這份資料的內容——」

楪小姐伸手靠著下巴說道：

「看來建築物幾乎沒受到什麼損害，完全不像是經歷過戰爭。我國的蠢王子很可能在戰鬥開始前就率軍逃跑了。」

「原來如此。」

「我認為最好的辦法還是直接攻擊各處的司令部。你怎麼看？」

「這個嘛……」

「只要你我二人一起潛入，摧毀各處司令部簡直是輕而易舉。當然了，即使只有你一個人也能輕鬆辦到吧……可、可是我身為你的夥伴，必須讓你沒有後顧之憂！」

我覺得光靠樸小姐一個人就能辦到。

有我在場反而可能會拖累她。

不過嘛。

「妳覺得這個計畫會對城鎮造成多少損害？」

「頂多只會讓城鎮中心遭受致命損害吧。我們的目標雖然只有指揮官所在的建築物，然而敵軍的魔法師不可能袖手旁觀。攻擊魔法的餘波必定會破壞司令部周遭的建築物。」

「這樣也會波及居民吧？」

「嗯，或多或少吧。不過比起迫使敵軍守城，居民受到的影響肯定會小得多。」

「我們能否想辦法不要波及任何居民，利用野戰和敵軍對決呢？」

「……應該很困難吧。其他國家都已經知道你在巨魔大樹海討伐戰展現的實力，這點會讓敵軍相當忌憚，而我也同樣多少有點名聲。敵軍可能會有一兩個頭腦簡單的指揮官不清楚彼此間絕望的實力差距，進而選擇進行野戰，但是只要對方擁有最基本的智慧，就會知道主動出擊沒有任何勝算。」

「也就是說對方會選擇守城嗎……」

我不清楚貴族的思維邏輯。

但是對於不久前還是普通平民的我來說，希望能避免城鎮居民因為戰爭而犧牲。

而且遭受敵軍司令部接管的建築物，通常都會是該城鎮的象徵，並不是破壞之後重建就好的存在。

我不禁思考能否有其他應對辦法。

4（橙子的視點）

橙子順利成為女王之後，橙子與公爵在櫻木公爵家的密會仍然不定期地舉辦。

某天深夜。

橙子隨意進入熟悉的公爵家家主書齋時，只見公爵獨自一人在此迎接。

橙子一邊環視書齋一邊開口：

「咦？楪不在嗎？」

「……那個笨女兒……」

「怎樣怎樣？出了什麼事？」

公爵以沉痛的表情將一張信紙遞給橙子。

「我看看——『我將踏上旅程守護夥伴。父親大人也請保重』這是什麼？」

「這是那個笨女兒留在床上的紙條。之後便和她失去聯繫了。」

「她肯定跟著鈴葉兄一起離開了吧。話說公爵居然會同意讓她去。」

「我怎麼可能同意！」

公爵邊揉著太陽穴邊說：

「就算她要跟隨那個男人，現在這個時機真的不適合。女王才剛上任，雖然已經肅清政敵，可是國內仍有潛在的叛亂分子。況且我國和威恩塔斯公國還處於戰爭狀態喔！情況如此不穩定，身為國家支柱的公爵家直系長女，現在怎麼能夠離開王都！」

「嗯，我身為女王很高興聽到你這麼說。」

「那個笨女兒說過好幾次想跟隨那個男人，我當然每次都拒絕了。她卻還是——」

「你有好好解釋給櫟聽嗎？」

「那當然。她太固執了，我甚至還大聲喝斥她『別誤判公爵之女應盡的責任』結果隔天就出事了——！」

「原來如此。那麼錯的人有可能是公爵喔？」

聽到橙子意料之外的發言，公爵皺起眉頭。

「這是什麼意思……？」

「欸，你想一想，我國所有的貴族如今都想做的事情是什麼？」

「那還用問。當然是儘早重建國家體制，接著以最有利的條件結束與威恩塔斯公國的戰爭，穩定女王的政權。」

「噗噗——完全不對喔。」

橙子直接否定公爵對於政局的論述。

「關於這些麻煩事，大家都覺得全部拋給哪個不走運的高階貴族處理就好。比如身為女王的我。」

「唔……」

「所以比起這些事情，貴族們為了壯大自己的家族和領地，都得在這個時間點採取行動才行。因此現在所有的貴族都在拚命想搶得先機。」

「……那比穩定女王的政權還重要嗎？」

「重要多了喔——如果我是貴族，我也會有所動作。」

「是妳的話會怎麼做？」

「真是的，話都說到這裡了，竟然還沒有意識到，也太令人傻眼了吧。如果讓其他貴族見到，他們一定會忍不住發笑的。」

橙子無奈聳肩，直接說出答案。

「那當然是竭盡所能接近鈴葉兄啊。」

「……什麼……？」

公爵的表情顯得十分出乎意料。

儘管他知道這點相當重要，但是並沒有認知到這件事有這麼重要——他的反應明顯地展現他的想法。

橙子微微一笑：

「櫻木公爵家打從一開始就與鈴葉兄關係密切，所以不必著急，但是除了你們之外的所有貴族，全都打從心底希望與鈴葉兄建立交情喔。」

「…………」

「這也是理所當然的吧？他既是新女王的救命恩人，同時是救國英雄，還解決了巨魔異常繁殖引發的危機拯救整個大陸，身為國家武力象徵的楪也完全被他迷住，此外實質掌控鄰國的亞馬遜人還非常賞識他。除了我這個女王和櫻木公爵家以外，他的背後完全沒有其他貴族勢力，這可是個極具投資價值的對象喔？」

「……可是沒有多少人請求我介紹那個男人給他們認識……」

「要是有人想請公爵幫忙介紹鈴葉兄，你肯定會找各種理由推遲吧？所以他們應該都判

斷親自接觸鈴葉兄比較快──況且我認為那些人知道鈴葉兄已經離開王都的那一刻，便接連來請求我和公爵幫他們介紹了吧？」

「……確實是這樣……」

公爵以總算明白的模樣點了點頭。

「我原本打算勸誡樸的話，反倒變相允諾她跟著那個男人離開啊。」

「我倒是覺得樸絕對沒有想得那麼多喔。要是詢問樸覺得最重要的事是什麼，我想她應該會一臉認真地回答『當然是成為保護鈴葉兄的後盾！』吧。」

「不過從結果來看並沒有做錯。至少這次是這樣。」

「咦？你開始擔心會和鈴葉兄疏遠了嗎？」

「……這叫謹慎再謹慎。」

「算了，這對我們來說也有好處，而且對國家的安寧同樣有貢獻。」

「……為何我的女兒和那個男人待在一起，會對國家的安寧有所貢獻？」

「先不管一路上只有鈴葉兄和其妹的狀況，只要樸待在鈴葉兄身邊，應該能遏止那些想做蠢事的貴族。」

如此說道的橙子表情突然變得嚴肅。

「你認為現在這個時間點，我國絕對要避免的事是什麼？」

「妳是說……？」

「就是鈴葉兄對我們感到失望。」

「什麼……！」

「『這』就是我最害怕的事。所以我才會請棵儘快擊潰王子那方的反叛勢力。因為那些支持蠢王子的貴族裡，沒有任何人擁有足夠的智商能理解鈴葉兄的重要性。即使這麼做導致如今的貴族數量過少，甚至對治理國家產生不小的影響，卻也消弭了鈴葉兄在某天棄我們而去的可能性。」

就連公爵也是首次聽聞大肆肅清政敵的真相。

實際上，在橙子成為女王之後實行的肅清行動，使得這個國家的貴族減少了八成。

公爵腦中浮現出倖存貴族的情報。

雖然思想各異，但是普遍來說都很出色，並且沒有任何人會無緣無故嘲弄平民。

「可是啊，即使剩下的貴族理解鈴葉兄在現實層面的重要性，他們也很有可能在其他方面失控。要是某個貴族對鈴葉兄做出蠢事，導致他失望離開的話，我國也將在那個瞬間迎向毀滅。」

「……這……」

「鈴葉兄對各國都有恩，他是從巨魔手中拯救大陸的英雄，而且棵絕對會站在鈴葉兄那

邊，此外亞馬遜人也會震怒。這三者只要任何一方出問題，都足以毀滅我國吧？」

「…………」

「而且鄰近諸國要是得知這個情況，絕對會對我國發動攻勢。屆時的狀況就是誰先出手誰得到的利益最多。如果是我肯定也會這麼做。」

「……看來最好通知各位貴族，告誡他們不可過度接觸新任羅安格林邊境伯爵家。」

「我已經準備好了。不過既然有楪待在鈴葉兄身邊，那些膽敢輕視他的人肯定會一個不剩遭到碎屍萬段吧？畢竟楪生起氣來很可怕嘛——」

儘管橙子說得彷彿事不關己，但是公爵很清楚——

橙子自己也是半斤八兩，要是有人真的惹怒她，就會被橙子用極為強大的魔法消滅，屍骨不留。

「——好了，楪的事先放在一旁。妳今天來找我有什麼事？」

「說得也是，楪不在我都忘了——呃，這只是傳聞而已。」

橙子盯著公爵低聲說道：

「我收到消息，據說有人雇用非常厲害的暗殺者要對鈴葉兄下手。」

「什麼！」

「其實這也不意外吧。」

「……好吧，這確實是既直接又有效的手段。如果那個男人現在遭到暗殺，我國將會陷入嚴重混亂。」

「是啊——最糟糕的情況是精神崩潰的楪徹底失去戰力，然後其他國家對我們發動攻勢就完蛋了。」

「不過想暗殺他沒有這麼容易吧。」

畢竟鈴葉的兄長本身就跟怪物一樣強大，而且身旁還有鈴葉和楪。

公爵自然會思索對方究竟該如何在這種情況下進行暗殺。

然而——

「可是啊，這次的暗殺者似乎不簡單。」

「唔……？」

「雖然只是傳聞，據說那個厲害的暗殺者本領確實很高超。絕對不會放過盯上的獵物，就算途中失手，最後也肯定會殺死目標。似乎就是這種程度的暗殺者。」

「唔……」

「然後那個暗殺者曾經對楪出手卻失敗了，所以現在有傳聞說她現在盯上之前阻止她的鈴葉兄。」

「……這……只是傳聞沒錯吧……？」

「這個傳聞聽起來太過具體，而且感覺也合情合理。」

公爵的背冒出黏膩的汗水，認知到這件事並非開玩笑。

事到如今，公爵家的命運已經和鈴葉的兄長牽連在一起。

萬一鈴葉的兄長遇害，公爵家也將遭受致命的打擊。

至少樸無疑會崩潰，成為派不上用場的廢人。

然後公爵家也將會一如字面就此滅亡。

——橙子對公爵的想法瞭如指掌，想必他光是想像便大受衝擊。

因為——

若是將王室或國家擺在公爵家的立場，自己肯定也會有同樣的想法。

「……有關於暗殺者的具體情報嗎？」

「怎麼可能會有，對方可是本領高超的暗殺者喔。」

「話是這麼說沒錯……」

「不過確實有些不完整的傳聞——據說是銀色頭髮，或者說是雙馬尾，或是像妖精一樣可愛的小女孩，但卻沉默寡言。」

「…………」

「還有人說過胸部非常大，皮膚是褐色的，而且穿著女僕裝之類的。」

「……如果這些情報全部正確，那個暗殺者就是沉默寡言的銀髮雙馬尾褐膚蘿莉巨乳美少女女僕。」

「對啊——」

「太荒謬了，這樣的情報根本派不上用場。世界上怎麼可能會有這種暗殺者。」

「我也沒辦法啊！我只能收集到這種情報嘛！」

「即使有王室的情報網，也無法確認暗殺者的真實身分嗎……」

橙子心想，優秀的暗殺者怎麼可能會讓人知道自己的特徵。

正是因為所有人都無法辨明他們的真實身分，所以才算是高手。

想必公爵也不期待能得到什麼有用的情報。

比起這件事，阻止對方的暗殺行動才是最重要的。

「所以呢，妳打算怎麼做？」

「既然是鈴葉兄，只能相信他總有辦法應對吧。我們能做的，最多只有把消息傳達給他和楪還有亞馬遜人而已……」

「我擔心他們會反應過度。」

「就是說啊。楪倒是還好，要是讓亞馬遜人知道這件事，她們可能會立即以保護鈴葉兄的名義把他帶回亞馬遜聚落，然後強迫他即位成為亞馬遜之王。」

「那就只告訴他本人好了。」

「也只能這樣了……真是不甘心，我只能為救命恩人做這點事……」

「別著急。將來肯定會有報恩的機會，現在只需要相信他。」

「嗯……」

橙子為了讓心情平靜下來，喝了一口公爵為她準備的紅酒。

這時公爵以附帶一提的語氣說道：

「……這不是以公爵的地位，而是我以男人的身分給妳的建議。」

「什麼？」

「如果妳想獻出妳的第一次，應該是愈早愈好。」

「噗噗——————！」

「妳現在已經是女王了，別難看地把嘴裡的東西噴出來。」

「你、你你你突然說這種話幹嘛！」

「他不僅在我國備受矚目，其他國家也相當關注，誰也不曉得將來會發生什麼事——妳在政變當中差點被宰相殺害時，不是說過後悔自己還是處女嗎？」

「我當時只是覺得要是能多利用自己的外貌，可能不用受那麼多苦而已！」

「我從妳小時候起，就知道妳不是會做那種事的人。」

「我我我我——」

「妳很遺憾沒能把貞操獻給喜歡的男人。無論妳是怎麼想的，這都是事實。」

「少、少少少說蠢話了！」

這可能是拚命否定的橙子這輩子臉最紅的一刻。

至於她自己也意識到這一點。

5

認識奏這個女僕的當天夜裡，我在床上翻來覆去思考。

睡不著。

躺在旅館的床上，一直煩惱接下來到底該怎麼辦。

「嗯——……」

按照常理判斷，楪提出的計畫應該是最好的。

楪有能力獨自擊潰數萬名士兵。

這是很單純的事實。

即使樑在一對一的戰鬥展現出如同怪物的強大實力，但是她的實力在一對多時才能發揮出真正的價值。畢竟樑是以殺戮女戰神（Killing goddess）的稱號聞名整個大陸，在敵國眼中是宛如死神的可怕人物。

我在巨魔大樹海也親眼見證樑三天三夜不眠不休不停打倒變種巨魔的姿態。

占領城鎮的敵軍士兵總不可能比大批變種巨魔還要強吧。

而且考量到我們這邊的戰力，直接攻擊敵軍司令部是最好的選擇。

如果直接開戰，敵軍應該會因為害怕樑而採取守城戰。那樣一來戰事對於居民的損害只會進一步擴大，這是顯而易見的事實。

只不過——

「就算直接攻擊司令部，也沒辦法避免波及領民吧……」

我很清楚面對戰爭時，絕對不可能毫無犧牲。

但是無論如何都止不住儘量減少對平民造成損害的想法。

這一定是因為我的內心仍然還是平民吧。

雖然最近不知為何被推舉成為貴族，但是出身平民的事實一輩子都不會改變。

「嗯……？」

正當我躺在床上閉目思考時，注意到天花板有所動靜。

會是什麼呢？

我繼續假裝睡著的模樣，微微睜開眼睛觀察情況。

不久之後，有人無聲無息推開天花板潛入房間。

會是誰呢？

正當我以為是盯上楪小姐的暗殺者誤闖我的房間時——

「……睡得很熟。」

身穿女僕裝的奏來到我的床邊。

完全不明白奏為什麼會從天花板偷偷闖進來。

我一邊裝睡一邊思考她接下來打算怎麼做時，奏做出完全預料不到的舉動。

她開始脫掉自己的女僕裝。

「……要小心別讓鈕釦被胸部彈飛……不然主人會醒來……」

奏以幾乎聽不到的音量自言自語，並且小心翼翼解開襯衫鈕釦。發育過剩的蘿莉爆乳獲得解放之後晃了幾下。

奏接著解開裙子的鈕釦，任由裙子落到地面——

「等等，奏！妳到底在做什麼？」

「……啊。醒了。」

「這不是重點！妳從天花板偷偷跑進我的房間還突然脫起衣服，到底是怎麼回事？」

「……呃……陪睡？」

「我根本沒有要求妳陪睡！」

「沒這回事。色色的銀髮雙馬尾蘿莉爆乳美少女女僕陪主人睡覺可是貴族的常識……奏要事先聲明，奏絕對沒有打算用胸部夾住主人，然後用毒針暗殺你。絕對沒有。」

「為什麼要重複！這樣反而更可疑！」

「因為很重要，所以才要說兩次。」

對於原先一直是平民的我來說，貴族社會的常識實在令我難以理解。

此外入侵房間的方式也有很多地方值得吐槽。

「話說回來，妳為什麼不好好從門進來！」

「……那道門被動了手腳，從那裡進出很難不被鈴葉或棵發現。」

「咦？真的嗎？」

「真的。」

我竟然完全沒發現。

雖然不曉得是鈴葉還是棵小姐做的，但是我想她們一定是在暗地裡默默為了我的安全操心。我得好好感謝她們。

「不過就算是這樣，也不必從天花板過來吧？」

「……沒這回事。奏是女僕，女僕的工作就是打掃。」

「喔。」

話說打掃也有暗殺的寓意，不過這與現在的話題無關。

「然後說到打掃的話就是天花板，所以奏對天花板夾層很熟悉。」

「真的嗎？」

「那當然。而且不僅是這間旅館，不管是哪種類型的房子，天花板夾層對奏來說就像自家的後花園。」

「女僕真厲害！」

「嗯哼哼。」

奏再次面無表情地抬頭挺胸。

這個女孩子其實表情很豐富，只是不會顯露在臉上而已。

「——奏，等等。」

「什麼？」

「妳剛才說不管哪種房子的天花板夾層都很清楚吧？」

「嗯。」

「真的不管哪種都行？」

「……請不要小看奏的女僕情報網。只要給奏一點時間，奏就能把任何一棟房子的天花板夾層調查清楚。」

「妳之前給我們的各城市情報量確實很豐富。」

——如果她所言不虛。

那麼我就找到一個方法了。

該如何將平民的損害減少到最低，並且收復遭到敵軍占領的城市呢？

作戰的關鍵就掌握在奏這個女僕的手中。

＊

次日一早吃過早餐之後。

我和大家一起回到房間，告知她們我準備一整晚的計畫。

「——你說什麼？襲擊每個城市的指揮官臥室綁架他們？」

「為什麼要這麼做呢，哥哥？」

兩人會感到疑惑也是理所當然，於是我從頭開始解釋。

「這是我和奏談話途中偶然得知的，奏有能力取得任何一棟房子天花板夾層的情報，所以我想活用這個優點。」

「可是哥哥，為什麼一個普通女僕會有這種特殊能力……？」

「是啊。你不覺得只有一國的頂尖暗殺者組織，而且還是組織裡的王牌才有能力取得這種情報嗎……？」

鈴葉自然起了疑心，楪小姐也以嚴肅的表情表達疑問。

這也證明了我家女僕奏有多麼優秀。

畢竟楪小姐對櫻木公爵家過於優秀的女僕暸如指掌，就連她對奏擁有如此出色的能力都感到半信半疑。

「……話雖如此，如果她真的辦得到這種事，你提出的計畫應該是最好的選擇。」

「對啊，如果是一般人，就算得到天花板夾層的情報，也絕對不可能接連入侵敵陣。但是如果是哥哥的話——」

「畢竟你是從下水道潛入王宮，救出受困的公主（橙子）的男人。接連從各個城市綁架指揮官這種小事，與之相比根本只是小菜一碟。」

「正是。若是哥哥萬一被人發現，也只要打倒所有目擊者就好。」

「我才不會做這種事！」

雖然兩人的反應讓我有些掛慮，不過看樣子她們是同意這個計畫。

「那麼——」

「……主人。」

「怎麼了？」

「奏會努力收集情報，所以奏想要特別的報酬。」

奏會提出這個要求也很正常。

無論怎麼想，這件事都大幅超過普通女僕的職責範疇。

況且她昨天也為我們提供遭到占領的城市情報。

「可以啊。妳想要什麼？」

「……奏想和主人拿出真本事打一場。不留餘力，直到盡興。」

就在聽聞奏的心願瞬間。

「喔——（鏘！）」

「嘿——（喀啦喀啦！）」

冒出殺氣的楪小姐用手指將劍彈出劍鞘，鈴葉則是面露凶狠的笑容緊握拳頭。

妳們兩個想對年紀這麼小的女僕做什麼！

「等等，妳們冷靜一點。還有奏覺得這樣就好嗎？我甚至不是軍人，在戰鬥方面只是外行人喔？」

「新主人真會開玩笑。」

「不是，我沒有在開玩笑……好吧，既然奏覺得可以，那就這樣吧。」

我雖然是外行人，不過奏也只是女僕。

儘管初次見面時有如暗殺者的步法嚇到了我，可是在武術方面是外行人。

那麼我們可能是正好適合彼此的對手。

聽到我同意之後，鈴葉和楪小姐在我身旁悄聲交談。

「……這個女僕居然能察覺哥哥身上那股絕對強者的氣場，肯定非比尋常……！」

「……不過挑戰鈴葉的兄長是步壞棋吧。只會單方面被痛打一頓，連自尊都遭到粉碎，靈魂深處將會深刻認知到自己只不過是個柔弱的小女孩。畢竟就連亞馬遜人最頂尖的戰士也是一樣……！」

「……話說楪小姐一開始也主動挑戰哥哥吧？」

「……那、那有什麼辦法！難得遇到值得一戰的男人，怎麼可能放過那個機會！而且誰能想像他竟然強到那種程度……！」

「……旁人真的沒辦法從哥哥的言行和氣質看出他有多強，所以大家剛認識他時總會低估他的戰鬥能力，然後被揍得懷疑人生……」

雖然聽不清楚她們說些什麼，但是從她們的態度判斷，大概可以猜到在說我的壞話。

＊

之後離開城鎮來到平原，我和奏好好打了一場，直到日落為止。

該怎麼說呢，奏的實力強到讓人無法相信她是個女僕。

至於她有多強，我想如果對上不久前的鈴葉，說不定有可能打贏。

「……可惡……可惡……！」

「話說女僕在和主人戰鬥之後發誓效忠，就像友情在戰鬥當中萌芽一樣，感覺是一段佳話——妳不覺得嗎？」

「為什麼……打不中……唔……！」

「奏的針上面有抹毒吧？被打中的話會死的。」

奏最危險的攻擊便是難以察覺的細針。

而且還以極快的速度精準地將毒針射向我的要害。

在閃躲攻擊的同時，我想起以前在慶祝擊退徬徨白髮吸血鬼（White haired vampire）的凱旋派對時，楪小姐被暗殺者盯上一事。當時的針和現在一樣又細又銳利，非常危險。

這麼一想，我便覺得奏的戰鬥力足以匹敵暗殺者，竟然能接連使出這種銳利的攻擊，真是了不起的女僕。

隨意看向一旁的兩人。

鈴葉和楪小姐坐在草原上，彷彿舉辦戶外茶會似的一邊喝茶，一邊觀看我們的戰鬥。

「——解說員楪小姐，奏的戰鬥方式基本上就是暗殺者的風格嗎……？」

「我認為正是如此。女僕掌握護身術或暗殺術是非常罕見的事，況且我從來沒聽說過戰鬥能力這麼高超的女僕……」

「啊啊，女僕奏假裝要投針卻使出跳躍膝擊——！」

「接著是迴旋踢二連擊……如果對手是普通的騎士，面對剛才的攻擊應該已經死了三次。跳躍膝擊會在胸口開個洞，迴旋踢能把頭和身體踢飛。」

「可是奏的攻擊對哥哥完全沒有用！他完全放棄防禦直接承受奏的攻擊，還露出游刃有餘的笑容！」

「那樣真的會讓人內心崩潰……使盡全力攻擊毫不防禦的對手卻毫髮無傷，就像被蟲子螫了一下……啊啊啊啊啊啊啊！」

「楪小姐？解說時不可以輕易沮喪喔？」

……她們好像很開心，所以我決定專注在戰鬥上。

最後我和奏的戰鬥一直持續到日落。

奏似乎是滿足了，雙眼閃閃發亮地說道：

「不會有錯——奏終於找到真正的主人了。」

如此說道的奏像貓一樣朝著我磨蹭，我便摸了摸她的頭。她也把頭靠在我的胸口撒嬌，喉頭發出幸福的聲響。

總之她似乎玩得很開心，真是太好了。

6（威恩塔斯女大公的視點）

威恩塔斯公國的宮殿裡。

身為公國頂層的綾野．馮．威恩塔斯女大公，正在享受平靜的午後時光（下午茶時間）。

「大公殿下，再來一個布丁怎麼樣？」

「嗯——可是再吃的話會變胖……」

綾野在堆滿辦公室的文書環繞之下，因為布丁的誘惑心生動搖。倘若撤除她的身分，就像個隨處可見的平凡少女。

容貌相當平凡，不過仔細確認的話還算可愛。

胸部較小，也沒什麼腰身，下半身則是安產型，雙腿較為豐盈。

最近暗自發現自己的腹部胖了一點，可以用手指稍微捏起來。

「那麼還要再來一杯紅茶嗎？」

「嗯，再來一杯吧。謝謝。」

整體外貌看似城鎮出身的少女，即使面對地位較低的人用字遣詞也相當有禮。

初次拜會綾野的人，無一不對她君臨威恩塔斯公國這個大陸強國一事感到驚訝。

然而這個事實對於綾野而言也是個自卑之處。

（我和橙子明明同年……但是無論氣質、面容、身材還是魔力，我和她之間的差距都大到像個笑話……）

威恩塔斯公國和鄰國多洛賽魯麥爾王國基本處於敵對關係，但是彼此的關係並非一直這麼緊張。

兩國有時會締結暫時的和平。即使沒有處於完全和平的狀態，兩國也會透過換俘儀式或是參加王族的婚喪喜慶，讓雙方的王室有碰面的機會。

——幾年前曾發生過一件事。

公國與多洛賽魯麥爾王國之間的戰爭原本即將大獲全勝，卻僅因為一名人稱「殺戮女戰神」的少女逆轉戰況導致敗北，使得公國的軍方高層迎來一場肅清。

當時僅是大公之女的綾野曾被主和派送去鄰國，想讓她嫁給鄰國的王子。

多洛賽魯麥爾王國的兩名王子初見綾野時便輕蔑表示：「這個村姑是怎麼回事？」使得綾野「我對自己的外表很有自知之明，但也不用在我面前說吧……！」大為震驚。

然而讓綾野受到難以癒合的創傷的事還在後頭。

「——真的很抱歉喔。雖然這麼說不太好，可是我的兩個哥哥腦袋都有問題，能請妳多多見諒嗎？」

用這番話安慰綾野的公主和她的好友，這次真的讓她大受打擊。

因為眼前的橙子與楪跟兩個蠢王子不同，散發著屬於最高階貴族的統治者才擁有的氣場，刷新了她的認知。

此外容貌彷彿就是女神。

身材也相當完美，特別是那修長的雙腿，胸部更是豐滿得令人瞠目結舌。

綾野絕望地意識到自己只是個空有頭銜的普通女孩——

「……大公殿下？威恩塔斯大公殿下？您怎麼了嗎？」

「沒事，沒什麼。我只是突然回想起以前的事。」

知道多洛賽魯麥爾王國有那兩個人之後，綾野確信我國在與鄰國為敵的情況下若是有什麼疏忽，必定會迎向滅亡，因此在那之後一直努力不懈。

幸好綾野擁有軍事和政治方面的才能。至少比其他貴族還厲害。

綾野成為近衛師團的隊長，接著當上軍方本部的總長，並在父親和其他兄弟接連戰死之後，不知不覺成為公國新的女大公——

最近對鄰國施展的策略終於取得成果。

王國澈底分裂成王子派和公主派，甚至發生政變。

威恩塔斯公國趁隙發動戰爭，更讓外界以為這場戰爭的發起者是其他國家，最終完全掌控與國境相鄰的羅安格林邊境伯爵領。

（羅安格林邊境伯爵領地有金礦山和鑽石礦山，甚至還有秘銀礦山，根本是地下資源的寶庫……！取得那塊土地正是我們威恩塔斯公國長年以來的夢想……！）

歷代的羅安格林邊境伯爵沒有確實上報王室，恣意揮霍這筆財富，所以應該就連橙子這名新女王都不曉得吧。但是作為敵國的威恩塔斯公國在長久以來的諜報行動下，自然對於這塊土地真正的價值一清二楚。

羅安格林邊境伯爵領乍看之下只是個偏僻的鄉下地方。

然而其真正擁有的價值，就算用來交換威恩塔斯公國全境也還能找零，簡直是宛如寶庫的領土。

當然了，威恩塔斯公國的高階貴族全都知道這一點，所以現在占領羅安格林邊境伯爵領的指揮官都是有力貴族的家主，或是其繼承人。

然而羅安格林邊境伯爵領這個過於甜美的果實應該如何分配給麾下的貴族，正是讓綾野傷透腦筋的奢侈煩惱……

「大公殿下！不好了！」

驚慌失措的軍事大臣闖入辦公室，使得威恩塔斯女大公的平靜時光就此終結。

「發生什麼事了，大臣？」

「我、我們那些占領羅安格林邊境伯爵領各個城市的指揮官——全都失蹤了！」

「…………咦？」

綾野一時之間無法理解大臣帶來的這個報告。

「這到底是怎麼回事！」

「該怎麼說呢……總之就是在短短幾天之內，各個城市的指揮官就像躲起來一般不見蹤影，下屬傳來的報告只有這樣……！」

「大臣！你們有確認過這則情報嗎！」

「我們正在以最快的速度確認……！」

綾野將俯首在地的大臣澈底拋在腦後，全神貫注地拚命思考。

——說實話，她早已料到會有一兩個城市的司令部遭到摧毀。

畢竟敵國可是有那名殺戮女戰神。

不過照理來說，威恩塔斯公國的抵抗應該會更加頑強且棘手，遠超過洛賽魯麥爾王國的預料才對。

因為公國方面很清楚羅安格林邊境伯爵領的真實價值，可是敵國不知曉這點。

而且擔任指揮官的有力貴族們全都很清楚自己若是失敗，家族將無法獲得任何羅安格林邊境伯爵領帶來的權力和利益。對他們來說敗北就等於死亡。

他們肯定會拚死取勝，就算動用私人財產也在所不惜。

此外，綾野知道敵國的殺戮女戰神重情重義，用貴族的說法就是太天真了。

她不是那種不顧領民死活，只求殲滅敵兵的人。

因此當她奪回兩、三座城市之後，應該會認為損失太大而放棄反攻——這是威恩塔斯女大公的判斷。

然而——

（如果敵國理解到這一點，選擇只針對指揮官的話——！）

就在綾野臉色發青之時，又有人傳來更壞的消息。

這次來者是外務大臣，他以驚人的氣勢衝進辦公室開口：

「大公殿下！有自稱新羅安格林邊境伯爵的人送來這封信！」

綾野心裡充滿不祥的預感，雖然有點躊躇，還是接過了信紙。

她的預感以最壞的形式應驗了。

信中寫著公國那些失蹤的指揮官，全被新羅安格林邊境伯爵逮住了。

並且言明要求公國全軍自邊境伯爵領撤退，藉此交換毫髮無傷送回那些指揮官。

「這、這是……！」

「該怎麼做呢，大公殿下？」

「……總不能假裝沒見過這封信吧……？」

「肯定是不可能這麼做的……」

外務大臣的話語讓綾野沮喪地垂下肩膀。

畢竟那些被綁架的指揮官，無一不是有力貴族的家主或繼承人。

如果他們遇害也就算了，如今公國無法對那些人坐視不管。

不，如果只有一兩個人，或許還能置之不理，但是這次身陷囹圄的人實在太多了。

要是無視這個情況，代表幾乎要與所有的有力貴族為敵。

「這下子他們要是死一死還比較好……」

綾野的內心不得不認可外務大臣的冷漠發言。

如果那些人死於敵人手中，權力將直接轉移給他們的繼承人——這是個露骨的事實。

然而那些人遭到囚禁會使得公國進退兩難，非常麻煩。

即使此刻將為數眾多的家主視為戰死者，讓那些有力貴族更換掌權者，當他們毫髮無傷回來之後，將不可避免發生內戰，因此不可能這麼做。

「……大公殿下，您認為這個提議如何……？」

「先別急著下決定，再觀望一下！」

綾野看似陷入兩難，其實心中卻仍抱持一絲希望。

那就是送來書信之人是新羅安格林邊境伯爵。

綾野在新羅安格林邊境伯爵登上這個位置之前就已經調查過他，判斷他是足以和殺戮女戰神比肩的危險人物，強烈要求大臣們警惕這個人。

得知這個危險人物成為新羅安格林邊境伯爵時，手下的首席祕書官報告已經私自派出暗殺者。

祕書官為了確保暗殺成功，避免意外導致暴露威恩塔斯公國的意圖，付了一大筆錢給公

國最大的暗殺者公會，聘請其中最強的王牌出手。

綾野當初收到事後報告時不禁皺眉，認為再怎麼樣也不必使用暗殺這種手段，然而現在也只能祈求暗殺成功。

如果新羅安格林邊境伯爵就此殞命，公國還有機會一舉扭轉局勢……！

然而拚命祈禱的綾野卻又收到一則讓她大受打擊的報告。

「大公殿下！暗殺者公會遭到摧毀了！」

「什麼！」

「包含公會會長和幹部在內，所有待在公會裡的人全都被殺了！然後還在公會會長的桌上發現一張字條！」

綾野用顫抖的手接過那張字條。

上頭只有一行像是孩子所寫的字。

「我找到真正的主人了。Good bye。」

「這、這這這算什麼啊──！」

「唔……這難道是退出公會的聲明嗎？不過只要暗殺者沒死，公會就不會允許任何人離開才是。」

「關於這點我也知道！」

沒錯。正如一旁窺伺字條內容的軍事大臣所說，在一般的情況下，沒有任何人能夠退出暗殺者公會。

否則將會遭到公會追殺，這是常識。

不願面對這種情況的話，就只能打倒公會所有的成員……！

「大公殿下！」

「啊啊真是的！這次又怎麼了！」

「亞馬遜一族派遣使者過來，還對我國發出最後通牒！內容是：『如果公國繼續占領羅安格林邊境伯爵領，將視為對亞馬遜一族宣戰！』」

「為什麼會變成這樣啊！」

「最後通牒上面寫著：『偉大的新羅安格林邊境伯爵殲滅巨魔大樹海裡的大量變種巨魔，他不僅是拯救亞馬遜一族的大哥（大人），更是整個大陸的救命恩人——若不是那位大英雄出手，大陸現存的國家體制根本無法維持，然而公國是忘卻這份恩情，厚顏無恥占領大哥領地的蠻族，在我族眼中不再是可以交談的對象，而是應該澈底消滅的害蟲！』」

「這算什麼啊——！」

綾野一邊在心中嚎啕大哭，一邊不斷思考情況為什麼會變成這樣。

——不過緣由極其單純。

儘管從結果來看是如此，但是綾野完全沒有那個打算。

公國惹到了絕對不能招惹的對手。

他們得到多年來一直想要的羅安格林邊境伯爵領後，鄰國的新女王橙子扶持新的羅安格林邊境伯爵家族，這就是一切的根源。

女王橙子的這步棋可謂是起死回生，化為唯一能夠顛覆局勢的必殺策略。

身為威恩塔斯公國女大公的綾野應該做的是迅速與橙子簽訂和平條約，要求王國至少割讓部分羅安格林邊境伯爵領作為賠償。

如果她這麼做，根本不會誕生新的羅安格林邊境伯爵。

完全沒有人能料到會出現連殺戮女戰神都無法比擬的鬼神。公國意圖掌控整個羅安格林邊境伯爵領，不僅讓不急不緩的戰爭狀態延續下去，最終還失去了一切利益。只不過要是因此斥責綾野這名女大公無能，對於這個盡心盡力的人來說未免太過分了。

綾野是在不久後才知曉一切的來龍去脈，並為之愕然——

2章 秘銀礦山與再遇白髮吸血鬼

1

即使成為貴族，成為過於奢華的城堡的主人。

人類這種生物也不是那麼容易改變。

「大家來吃吧——飯做好了喔。」

「「哇啊——」」

羅安格林邊境伯爵家居住的宅邸，完全可以稱得上是城堡。

而且這座城堡不是普通奢華。

這不是過譽，這裡說不定比橙子所在的王城還要大。

為了鞏固羅安格林城的防禦能力，因此建立在陡峭的懸崖上。在清晨這種霧氣繚繞的時候，便會醞釀出宛如童話舞台的莊嚴氛圍。

城堡裡的餐廳當然同樣無比奢華。

有著精緻雕刻的椅子，整齊排放在擦拭得亮晶晶的整片原木長桌兩側。

牆上掛著歷代羅安格林邊境伯爵的肖像畫，甚至連天花板上也有無比華麗的壁畫。填滿整個天花板的畫似乎是神話故事的場景，有許多天使和惡魔展開爭鬥。

我拿著大家的餐點走進這個連貴族也覺得奢華的餐廳。

略過排列豪華椅子的華美長桌——走向放在餐廳一角的矮桌。

握著筷子等待開飯的鈴葉和楪小姐已經就定位了。

保持沉著女僕形象的奏站在她們身後，然而嘴角的口水依然看得一清二楚。

「今天的晚餐是味噌燉鯖魚喔。」

「「我開動了！」」

話音剛落，鈴葉和楪小姐便狼吞虎嚥地吃了起來。

味噌燉鯖魚這道料理真是適合矮桌。

「哥哥今天親手做的料理也是最好吃的！」

「我深有同感。而且在矮桌上吃飯的感覺也很好。」

「是嗎？」

「嗯。感覺和你的距離更靠近了，料理也變得更加美味。」

「原本應該好好待在餐桌吃飯的……但是我不太習慣。」

倒也不是不習慣，好歹我也有過在貴族的餐桌用餐的經驗，況且每次在櫟小姐家用餐時都是使用餐桌。

不過真的待在自己家裡用餐時，試著從平時用慣的矮桌變為超級豪華的餐桌——

怎麼吃都覺得食不知味。

原因大概就是那個吧。

應該是我心中根深柢固的平民本性，抗拒充滿貴族氣息的自家餐桌。

「感覺很對不起櫟小姐，明明有這麼棒的餐桌，卻讓妳這個貴族用這種矮桌。」

「你在說什麼啊。我最喜歡你精心製作的矮桌料理了。而、而且……」

「而且什麼？」

「而且用矮桌吃飯，就能在更近的地方看到你的臉……啊！沒事！當我沒說！」

櫟小姐的臉突然紅了起來並且搖頭。

頓時以為有骨頭哽住她的喉嚨，看來不是這樣。

現在除了櫟小姐以外，還有另一個人讓我感到很在意。

「欸，奏，妳不來一起吃飯嗎？」

「……奏不能做這種事。奏是女僕，女僕不該和主人一同用餐。」

「可是身為主人的我都要妳一起吃了。」

奏一直都是這樣。

她堅持自己是專業女僕，並且認為女僕不該與主人一起用餐是常識。

起初聽到她這麼說，我決定尊重她的意見。

心想奏或許喜歡自己一個人吃飯，或者和我這個主人一起吃飯會讓她感到精神壓力。

但是——

當奏看著笑容滿面的鈴葉和楪小姐邊大口吃飯邊和我聊天時，眼神有時會流露出一絲羨慕之意。

當我們吃飽飯之後，奏才會一個人默默吃飯，她的背影看起來相當落寞。

見到奏那副模樣好幾次之後，我覺得應該把女僕的規矩拋在一邊，讓她和我們一起吃飯比較好。

鈴葉和楪小姐都察覺我的想法，接連開口幫腔。

「正如同哥哥所說的。而且要是不趁熱大口吃掉哥哥煮的料理，那也未免太失禮了。如果妳不想吃的話，我可以全部吃掉喔？」

「我也覺得鈴葉說得沒錯。一般來說女僕的工作是服侍，但是鈴葉的兄長桌上沒有什麼好服侍的。那麼滿足主人的心願也是女僕的工作吧。」

「……我明白了。那麼奏可以一起吃嗎……？」

「那當然！」

聽到我的發言，鈴葉和樸小姐紛紛挪動飯碗和盤子。

她們打算讓出一點空間給奏，然而——

「妳們不用動。」

「咦……？哇啊！」

「「什麼！」」

我還以為奏只是想靠近我，卻見到她用流暢的動作滑到我的大腿上。

「奏、奏小姐在做什麼！快給我離開哥哥！」

「奏不能這麼做。要在不打擾兩位的狀況下完成主人的命令，這麼做是最好的。」

「樸小姐，真的是這樣嗎！」

「唔……讓主人的家人讓位給女僕用餐，就規矩來說確實很荒謬，可是……！」

「可是也不能因此坐在哥哥腿上吧！還有樸小姐不是哥哥的家人，而是客人！」

奏完全無視鈴葉和樸小姐的說詞，坐在我的腿上抬頭問道：

「奏想坐在這裡……不可以嗎？」

被她用寂寞的眼神這麼一問，我實在沒辦法拒絕。

「真拿妳沒辦法。」

從那天起，我家的餐桌又多了一個人。

坐在我的腿上澈底放鬆的奏，感覺就像貓咪一樣令人感到療癒。

話說回來，若是連這點心靈的療癒都沒有的話，我實在支撐不下去。

羅安格林邊境伯爵家的現況就是如此悲慘。

2

某天，我和楪小姐一如往常在辦公室裡埋首於文件中時，在門口站崗的士兵前來通報有訪客。

「——商人？」

「是的。他聲稱以前曾與邊境伯爵閣下見過面……要把他趕走嗎？」

「不用，見一下吧。」

「那麼要帶他去會客室嗎？」

「我們沒有那麼多時間接待，能帶他過來這間辦公室嗎？」

「遵命！」

目送士兵快步離去的背影，我悄悄地嘆了口氣。

坦白說，羅安格林邊境伯爵領的現況真的很糟。

要說哪裡糟糕，問題就在於完全沒有打理領地的人才。

士兵這種軍務方面的人員還算充足，但是內政方面的人才奇缺無比。

至於讓領地陷入這種狀況的原因——

「真是對不起……都怪我把原先統治這裡的家族整個肅清了……」

在桌子另一側埋首在文件裡的樑小姐顯得相當沮喪。毫不留情擊潰前任邊境伯爵和黨羽的人正是她。

據說先前的羅安格林邊境伯爵長年透過巧妙的手段，累積許多不正當的財富，並且由族人獨占治理領地的主要職位，進而為之前的政變提供大量資金。

更何況在追究此事時還公然拒絕一切調查，甚至直接對王室和樑小姐揚起反旗。

至於反叛的結果，便是全族遭到樑小姐肅清。

在那之後，羅安格林邊境伯爵領一直被威恩塔斯公國占領，因此表面沒有出現什麼問題。然而在敵軍撤離，由我接管領地之後，令人非常煩惱的問題便在這時浮現出來。

完全沒有能夠管理領地的文官。

「我們確實很缺人手，但這並非樸小姐的錯。就算那些使用不當手段斂財的負責人或是手下還在，我也不願意把重要的工作交給他們處理。」

「嗚嗚……可是光是能把這麼多文件推給別人，他們說不定就有活下去的價值……」

「不不不，要是他們弄丟或是隨意竄改文件，甚至連看也不看就簽字，也會造成很多麻煩的。」

就在我一邊動筆一邊安慰樸小姐時，剛才的士兵帶著客人回來了。

前來拜訪的客人確實有些眼熟。

「呃……你是飾品店的店員先生……？」

「好久不見了。」

之前我為了購買鈴葉的生日禮物，曾經請樸小姐為我介紹適合的店家。來者正是當時帶我去的飾品店的店員。

身後還跟著一名用兜帽遮著臉的年輕人，可能是他的弟子吧。

因為他的個人特色相當強烈，所以我對這名只有幾面之緣的店員先生印象深刻。

畢竟這名店員先生——

外表明明是端正的老紳士，卻是狂熱的雙馬尾愛好者。

「今天怎麼會來到這裡？是來做生意的嗎？」

「沒什麼，只是聽說你當上邊境伯爵還收回了領土，我也打算在這裡做些生意，於是先來拜訪。」

「那真是太好了。」

據說要成為優秀的商人，就得有足夠的敏銳度把握各種機會。

先不論眼前這名對雙馬尾有著狂熱愛好的老紳士是不是優秀的商人，只要有商人認為我的領地有吸引力，那就是令人高興的事。

商人有屬於商人的情報網路。

所以我希望這名愛好雙馬尾的店員先生除了王都的商人外，盡可能向其他商人宣傳我們羅安格林邊境伯爵領的魅力。

「既然如此，我也應該好好向你問候一下，可是我現在有點不方便從椅子上起身，真是抱歉。」

「沒事沒事，不必在意。我這個小商人完全理解邊境伯爵處理這些文件有多忙碌。」

「這確實是其中一個原因……對了，你可以過來桌子旁邊看一下嗎？」

我的心中萌生惡作劇的想法，於是沒有直接說明理由，而是對店員先生招了招手請他過來我這邊。

「呵呵呵，有什麼要讓我看的嗎——唔！」

走近辦公桌的店員先生看到我腿上的那個，不由得驚訝到差點跳起來。

整人成功。

沒錯。銀髮雙馬尾的褐膚爆乳蘿莉女僕奏，現在就像隻貓一樣蜷曲在我的腿上午睡。

愛好雙馬尾的店員先生受到驚嚇的程度，似乎遠遠超出我的預期。

「這、這個女孩是……！」

「她是羅安格林邊境伯爵家目前唯一的女僕。現在待在我腿上睡覺的模樣雖然有些不像樣，其實是個很出色的女僕喔？而且特別擅長打掃。」

「……確實，打掃應該是她的強項吧……」

「對啊。城堡這麼寬敞，她只花一個上午就全部打掃完畢，真的非常優秀。」

店員先生不知為何額頭滲出冷汗，甚至全身開始顫抖。

那個誇張的反應，彷彿傳說中的暗殺者突然出現在他面前。

然而趴在我腿上的人當然不是什麼傳說中的暗殺者。

只是一個普通的銀髮雙馬尾褐膚爆乳蘿莉女僕。

店員先生會有這種反應，就代表他是這麼熱愛雙馬尾吧。

「怎麼樣？就算不提銀髮雙馬尾，這樣像隻貓一樣蜷曲起來的模樣也很可愛吧？」

「是、是啊……可愛到幾乎要讓人心臟停止跳動了……！」

「哈哈哈，未免說得太誇張了。」

「一點也不誇張……你居然能輕鬆馴服這隻食人虎，不對，是雌豹……再次讓我由衷感到敬佩。」

店員先生這番話聽起來像是開玩笑，表情和語氣卻非常認真。

看來我因為這名銀髮雙馬尾女僕莫名獲得極高的評價。

＊

之後雖然店員先生一時顯得十分驚訝，但是總算恢復冷靜。他清了清喉嚨說道：

「總、總之先不提那名女僕……你在這裡的生活過得如何呢？」

「正如你所見，每天都被埋在文件裡。」

我向店員先生解釋了人手不足的情況後，他這次沒有感到驚訝，而是點了點頭，一副了然於心的模樣。

「那麼一定感到非常困擾吧。」

「就是說啊。畢竟我也沒有其他認識的人。這裡是偏遠的邊境，就算請楪小姐替我介紹，也很難找到有人願意過來——不過我也不願意因此就在當地徵人，這片領土上似乎有很多人染上前任邊境伯爵的壞習慣，要是把那些人放進管理層也讓人受不了。」

「確實如此。」

「有什麼地方能找到合適的人才嗎？」

能不能透過商人的聯絡網替我介紹好幫手呢——

我帶著淡淡的期待試著發問。

「有的。其實我今天來訪也是為了這件事。」

「喔喔喔！」

「綾野大人，這邊請。」

聽到店員先生的呼喚，那名深戴著兜帽，看似弟子的年輕人迅速往前走了一步。

「來吧，露出臉來問候一下。」

「……邊境伯爵閣下。我名叫綾野。」

摘下兜帽的綾野擁有中性的容貌，仔細確認會覺得面容端正，但是沒有特別的亮點。

也就是所謂的大眾臉。

正是與我同樣類型的人。

「綾野大人欠了我一大筆錢，欠了錢就必須還債——怎麼樣？羅安格林邊境伯爵領要不要試著加以錄用呢？」

「咦？真的可以嗎？」

「那當然。綾野大人看似平凡，其實擁有非常豐富的內政與治理方面的知識，可以說是專業人士。一定能幫上你的忙。」

所以綾野以前可能是某個地方的文官，或是家道中落的貴族嗎……？

綾野似乎有著不幸的過去。

不過對我來說，能得到幫手無疑是件再好不過的事。

「當然了，你必須支付一筆報酬……你認為這個金額如何？」

如此說道的店員先生提出一個數字。雖然價格頗高，但還在我可以接受的範圍。

而且如果綾野真的擁有店員先生說的才能，那麼這個價格反而算是便宜。

嗯──

「楪小姐、楪小姐。」

「怎麼了？」

「楪小姐，妳對我們剛才的對話有什麼想法嗎？」

我將話題拋向直到現在都沒開口的楪小姐。

由於一開始我和店員先生只是在閒談，與他不曾有過往來的楪小姐便一直默默地處理文書作業，但是待在一旁的她應該有聽到我們的對話。

先不論楪小姐是否適合文書工作，她對於雇用高階文官的條件和待遇方面肯定比我更清楚，畢竟她可是公爵千金。

聽了我們的對話後，楪小姐會怎麼判斷呢——

聽到我這麼一問，楪小姐大大地點了一個頭。

「我覺得這是件好事。」

「楪小姐也這麼認為嗎？」

「嗯。因為這名商人是有能力出入王都貴族區的人，假設他推薦劣質的商品給你，那就代表所有貴族區飾品店相關人士透過這個方式挑釁你。然而他沒有理由這麼做，從這點來看就足以信賴這次的交易了。」

「……是這樣嗎？」

「是的。而且這名商人強勢地提出一大筆報酬——這也代表綾野大人一定非常優秀。否則不可能對你提出這麼高的價格。」

「我覺得沒這回事吧……？」

「不可以小看商人。商人和貴族做生意，最重要的就是信譽。要是今天有商人欺騙你然後事跡敗露的話，可是會被綁起來丟進河裡喔？」

「怎麼可能啊。」

「不，千真萬確。如果遇到這種情況的是沒落貴族或惹人厭的人是另一回事——但是如果有人挑釁你這個現任羅安格林邊境伯爵，下場比起和王室或櫻木公爵家做對還糟糕。畢竟對方一旦得罪你，除了你之外，王室、櫻木公爵家，還有那些傾慕你的軍方最高層幹部都將與他為敵。」

「咦咦……？」

「在那之後有點腦袋的貴族自然也會紛紛跟進。而在經過我一個不留的肅清之後，這個國家裡現在再也沒有愚蠢的貴族——以致於現在無論你怎麼想，只要有商人被認定為你的敵人，將會永遠無法再和貴族做生意。」

我用「妳是在開玩笑吧」的眼神看著她。

飾品店的店員先生以理所當然的態度點了點頭。

「當然了，我早已做好這點程度的心理準備……畢竟風險愈大，回報也就愈多，所以我才想把綾野大人託付給你。」

「……謝謝。」

先不論楪小姐和店員先生所言是否不虛。

在現在這個人手不足的狀況下，我沒有選擇的餘地。

我決定雇用綾野。

*

——這是題外話。

在那之後，由於一個微不足道的個人因素，我對於雇用綾野這點感到非常高興。

原因就是綾野是所謂的「大眾臉」。

雖然這麼說有點像是自誇，我的妹妹鈴葉、客人櫟小姐，還有擔任女僕的奏，全都是令人驚豔的美少女，而且大家的身材都很出類拔萃。

只有我一個人長得如此平凡，總覺得沒什麼容身之處。

至於這點，綾野雖然細看之下五官端正，但是容貌沒有特別引人注目的地方，完全屬於大眾臉的範疇。

真是太棒了。

「綾野、綾野。」

「……有什麼事嗎？」

「我真的很高興你能來我家工作！」

「……為什麼閣下要看著我的臉說這種話呢……？」

「哎呀——我們同為大眾臉男性，不禁對你產生親切感了。」

「……雖然沒辦法解釋原因，但是我現在非常火大，可以揍閣下一拳嗎？」

「當然不行！」

他不喜歡被提及長相嗎？看來這次的交流是失敗了。我們明明屬於同類。

不過我們兩個男人都是大眾臉，希望之後能加深彼此的交情。

3

自從綾野過來這邊工作已經過了半個月。

真不愧是專業商人推薦的人才，綾野的工作能力確實很驚人。

之前累積了一大堆，幾乎占滿整張桌子的文件山迅速減少。他的判斷也很正確，還能抓到各種細節的重點加以調整，我和楪小姐根本沒辦法與之相比。

綾野在文官當中毫無疑問是屬於頂尖的那種。

「……這就是所謂的作弊能力嗎……！」

我由於太過震驚不小心說溜了嘴，結果不知為何被綾野用不悅的眼神瞪了一眼。

「哈！閣下這個世界最強作弊軍團的作弊世界代表在說些什麼啊。」

「被用莫名其妙的話嗆了！」

「好好好，別再胡說八道了。請閣下快看那箱已經確認完畢的文件，趕緊簽名——」

話說在綾野過來這裡之前，和我一起埋首文件堆的楪小姐最近都不在辦公室。

由於綾野的大肆活躍，辦公室少她一個人也不會有什麼影響，所以她和鈴葉一起外出辦事了。

楪小姐表示每個人都有適合自己的位置。

「——我替你去盯緊城裡那些有力人士！也順便招募邊境伯爵領的新兵，由我親自鍛鍊他們。」

「不用盯著他們也沒關係吧！」

「你在說什麼啊，這種事最重要的就是一開始必須充分展現領主的威嚴，不然人們將會漸漸無視領主的命令。而且我們之前忙著處理文件的時候，鈴葉應該已經開始行動了。對吧，鈴葉？」

「是的。我每天都在訓練士兵，尤其是新兵。我的目標是他們鍛鍊成將來能與亞馬遜軍團抗衡的精銳部隊……絕對不是因為哥哥沒有時間陪我，所以就對新兵拳打腳踢喔。」

「要、要適可而止喔……」

心懷遠大目標的鈴葉和櫟小姐鍛鍊的邊境伯爵領士兵，日後真的成為足以與亞馬遜軍團比肩，號稱世界最強軍團。不過這是很久之後的事了。

然後是最後一名成員，女僕奏以唯一的女僕身分負責城內的各項雜務。

餐點在鈴葉和櫟小姐的強烈要求下由我負責，但是龐大的城堡的清潔工作全都是由她一個人處理，真是太優秀了。

真不愧是貴族的女僕，讓人不得不衷心佩服。

「奏，要打掃這麼寬敞的地方不會很辛苦嗎？」

「不會。奏很厲害，不管是清掃什麼都可以一拳解決。」

「……那就好。麻煩妳嘍？」

「交給奏吧——」

至於如此可靠的女僕奏最近煩惱的事，似乎是一隻貓。

「……嗅嗅。」

「奏，怎麼了？」

「雖然不知道牠在哪裡，但是能聞到牠的氣味。」

「氣味？」

「對。而且奏優秀的女僕直覺告訴我……這毫無疑問是小偷貓的氣味……！」

「小偷貓啊。可是我不記得有食材消失啊？」

「嗯喵。牠偷的絕對不是那麼簡單的東西……奏強烈覺得那傢伙偷的一定是非常重要的東西……！」

如此說道的奏相當在意那隻看不見的貓，天真無邪的模樣很符合這個年紀的形象。

她讓我覺得身邊多了一個比鈴葉還年幼的妹妹，讓人忍不住心頭一暖。

＊

有了空閒的時間之後，我終於能夠四處觀察，並且思考各種事物了。

於是得到一個結論。

「欸，綾野。你有沒有覺得哪裡不太對勁？」

我的問題讓綾野停下手邊的工作，她似乎立刻理解我的意思，對我反問：

「不好意思，請問閣下為什麼會有這種想法呢？」

「也沒什麼特別的。從這些文件上面的數字來看，這些收入根本沒辦法維護這座雄偉的城堡吧？」

這個邊境伯爵領的主要收入來源是什麼呢？

我一直在思考這個問題並且處理文件，但卻找不到任何答案。

不用想也知道，要維護這麼雄偉的建築物肯定需要高昂的修繕費，然而實際徵收的領地收入根本不足以維持這筆開銷。

即使有奏這麼出色的女僕也無濟於事。

然而此前的羅安格林城卻不曾出現任何維護不足的跡象。

那麼答案只有一個。

「——所以我認為某些地方提出了假報告。」

聽到我這麼說，綾野也同意我的看法。

「話說回來，閣下目前有什麼頭緒嗎？有覺得可疑的地方嗎？」

「應該是礦山吧？我覺得秘銀礦山特別可疑。」

「閣下這麼想的理由是什麼呢？」

「因為我覺得礦物的開採量和維護費的平衡很奇怪。感覺就像維護費沒有變化，但是開採量卻少了一位數。」

「原來如此。我之前也曾聽說邊境伯爵領的情況，結果現況和傳聞完全不同，也對此感到很困惑。」

「原來是這樣……」

「沒有向閣下匯報此事，我深感抱歉。」

「用不著道歉。我一直都很感謝綾野喔。」

如果仔細觀察，就會發現綾野處理的文件有所偏頗。

因此我斷定礦山很可能有問題，決定針對礦山進行進一步的調查。

對於剛開始在這裡工作的綾野來說，不管怎麼樣都難以置喙任何疑似非法的行徑。

要是遇到頑固愚昧的領主，甚至還有可能被懷疑是企圖從內部搗亂的間諜。

「所以我打算和鈴葉還有楪小姐一起視察秘銀礦山。文件就麻煩你了。」

「……什麼？」

「嗯，我知道你想說什麼，我會給你獎金的。」

「獎金只是次要問題。恕我冒昧，閣下，雖然自己這麼說可能有點怪，但是我在這裡只是個來歷不明的新人喔？把我獨自留在城堡裡，難道不擔心會出什麼事嗎？」

「不擔心啊。我覺得自己多少有點看人的眼光。」

雖然對綾野很不好意思，但是我覺得繼續放任秘銀礦山不管肯定沒什麼好事。

那麼只能儘快前往視察了。

希望他不要誤會。

我絕對不是因為厭倦文書工作，才拿視察當成藉口加以逃避。

4（橙子的視點）

在櫻木公爵家中進行的密談。

大多數的情況下，密談涉及內政、外交、金融、陰謀論和世界形勢等等，內容可以說是與政治高度相關。

不過在這天夜裡，密談的主題並非上述任何一點。

「……什麼？妳在猶豫要找哪個壽司師傅到羅安格林邊境伯爵領？」

「嗯。我也在思考壽司的材料該怎麼辦。」

對於嚴肅尋求建議的橙子，櫻木公爵家家主回了一句。

「妳傻了嗎？」

「我才不傻！不對，看在旁人眼裡可能確實很傻，但我是非常認真的！」

「妳為什麼想那麼做？」

「因為啊！要是我們送個手藝很好的師傅過去，而且讓鈴葉兄非常中意的話，豈不是代表我們抓住了他的胃嗎？」

「確實是這樣。」

「然後啊，我突然意識到一件事。」

「什麼事？」

「——這不就是征服世界的最短捷徑嗎？」

「什麼……？」

公爵無法用「妳在說什麼蠢話」加以回應。

「……聽妳這麼一說，從理論上來看似乎有所可能……？但是我實在難以想像這種荒唐事會在現實當中發生……」

「正常情況絕對不可能喔。可是鈴葉兄不是非常尊重有才能的專家嗎？他絕對不會像普通貴族那樣瞧不起廚師。」

「我倒是覺得他下意識認為那些技藝高超的廚師比貴族更有價值。但是不大可能把這種想法說出口。」

「我想也是——然後問題就來了。」

橙子的表情非常嚴肅。

「您不覺得依照鈴葉兄的個性，他會想要報答那些總是為他製作美味壽司的師傅嗎？而且還會三不五時表達自己的謝意。」

「……製作壽司不就是壽司師傅的工作嗎……？」

「對我們來說當然是這樣，但是你想，鈴葉兄可是好人喔。」

「嗯嗯唔……」

公爵認為鈴葉的兄長沒有簡單到能僅用「好人」這兩個字加以形容。

不過橙子的話確實有道理。如果有個性格良好且技藝高超的廚師被他雇用，確實很有可能隨著時間的推移，在鈴葉的兄長那裡受到有如家人的待遇。

畢竟貴族將階級關係視為理所當然，並且在與人相處時習慣保持距離，而大多數的平民不是如此。

就公爵所見，先不論鈴葉的兄長驚人的能力，為人處世的方式完全就是平民作風。

「的確……值得考慮。」

「對吧！還有啊，您想龍或是岩鳥這種強大的魔物肉都很好吃，要是牠們被鈴葉兄大量狩獵的話會發生什麼事？現有國家間的勢力平衡會立刻崩潰喔？」

「唔嗯……？」

「目前各國光是應對魔物就已經自顧不暇，沒有餘力發動戰爭。就是這種難以占有主導權的部分支撐各國之間的勢力平衡。公爵也知道吧？」

「這點我懂……不過龍和岩鳥都不是魚啊？」

「重點是這個嗎！最近流行肉壽司這種東西，壽司師傅也會使用獸肉製作壽司喔？」

「那不是邪魔歪道嗎……！」

見到公爵真心感到不滿的模樣，橙子才知道櫻木公爵家家主是堅持正統壽司派的人。

這是一點也不重要的情報。

「就是這樣，總之我在煩惱這些問題。如果隨便派個壽司師傅過去……雖說會影響到我國征服世界有些誇張，但國家之間的勢力平衡確實很有可能被打破。話雖如此，我也不能違背與鈴葉兄的約定。不然一定會動搖他對我這個女王的信任。」

「妳打算怎麼做？」

「我還在煩惱——甚至想過在王都留下女王的替身，自己假扮成壽司師傅過去。不過那樣實在太不切實際，所以放棄這個想法了！」

聽到橙子提起替身這個詞，公爵突然想起記憶中的某件事。

「聽妳這麼一說，我想起最近有一則謠言。」

「喔？什麼謠言？」

「據說現在的威恩塔斯女大公是替身，真正的大公下落不明。不過這則謠言無憑無據的，曖昧不清。」

「嗯……不過也許真的有那種可能吧？」

「妳覺得有可能嗎？」

「因為大公綾野真的是天才嘛。所以我想當她親眼見證鈴葉兄橫空出世，將會意識到這樣下去威恩塔斯公國遲早會輸給我們，接著為了尋找逆轉局勢的一線生機，把替身留在國內然後去遊歷諸國也不奇怪。」

「這樣啊。有可能啊……」

「不過我認為就現實層面來說不可能就是了——」

如此說道的橙子面露苦笑。

「他們那邊因為前任大公還有家族爭權的問題，導致國家亂了一陣子，大公綾野似乎使用強硬手段壓下許多問題。以此為基礎，即使在和我國的戰爭占了上風，卻因為鈴葉兒的存在澈底逆轉局勢，所以現在應該會有很多無法理解現狀的愚蠢之徒從各方面對大公施壓。要是她真的在這種情況留下替身下落不明，很有可能會引發叛亂。不過我這個因為政變遭到軟禁的人沒資格說這種話就是！」

「原來如此……依照妳的想法來看確實不可能。」

「我也這麼認為。畢竟不管綾野有多出色，只要稍有失誤就有可能引發叛亂呢。」

「那麼妳認為如果留在公國的大公真的是替身，真正的威恩塔斯女大公會怎麼做？」

聽聞公爵的提問，橙子頓時陷入沉思。

「我想最好的方法是跑到鈴葉兄那裡吧。就算假扮成壽司師傅過去也行。」

「女大公怎麼可能知道這種隱密的事。」

「我只是隨便說說的……要是她真的那麼做，我們可就麻煩大了——我國的最後王牌很有可能被敵國搶走！」

「……嗯。這個玩笑可不好笑。」

這時兩人不知為何都感到一陣惡寒，但是了解為什麼會有這種感受則是之後的事了。

*

「——所以妳今天是過來談論壽司的事嗎？」

儘管橙子覺得公爵的提問聽起來有點蠢，還是搖了搖頭。

「那件事確實很重要，不過我還有另一件事想談。就是之前談過的秘銀。」

「喔？」

問題的開端要從羅安格林邊境伯爵，也就是鈴葉的兄長綁架所有占領領地的威恩塔斯公國指揮官時說起。

直到那時他們才首次發現，威恩塔斯公國的指揮官全都裝備秘銀武器與防具。

雖然當時鈴葉的兄長深感佩服，誠心說出「真不愧是指揮官」這種話，但是一旁的楪卻深感疑惑。

身為公爵千金的楪從軍資歷很長，十分清楚秘銀武具並不便宜。

假如是歷史悠久的中小型貴族擁有的傳家之寶也就罷了。

只不過是前線指揮官，怎麼可能幾乎全員都能裝備。

因此在楪寫信向女王橙子報告這件事後，橙子便派人調查秘銀的來源。

要是秘銀武具在敵國輕易流通，這種情況無疑是一大威脅。於是──

「我就直接說結論吧。我國某個地方似乎有座祕密秘銀礦山。而且規模相當大。」

「……是最近才發現的嗎？」

「我想不是。就我仍是公主時的所見所聞，我國並沒有發現礦山的跡象。」

「那就是有人從很久以前就開始祕密開採，並且一直不斷賣給威恩塔斯公國嗎？」

「開採的話應該是那樣沒錯，但是我認為大量販賣秘銀是最近的事。不然就算楪這個最強的美少女騎士再怎麼厲害，我國弱小的軍隊怎麼可能一直打贏使用秘銀裝備的對手呢？」

「……原來如此……」

公爵雙手抱胸沉思片刻，最終得出一個結論。

「也就是說，有人不惜破壞市場價格大量低價販售秘銀，藉此籌備政變的資金嗎？」

「就是這樣——但是不知道是哪個王子的派系——」

「沒有可疑人選嗎？」

「別為難我了。」

橙子投降似的聳肩說道：

「你以為發動叛變並且獲罪受到懲戒的貴族，占了所有貴族的幾成？有嫌疑的人太多了。而且棣為了向鈴葉兄展現自己的優點，消滅了太多貴族，導致不只是證據，就連許多貴族的存在都被完全消除。」

「……唔……」

「不過這麼一想，就會發現鈴葉兄在各種意義上都是拯救我國的英雄！真不知道是哪個蠢貨做的好事，讓那麼多秘銀流入敵國，這下無論是誰贏了內戰，我們的國家肯定都會在幾年內遭到消滅。那些人就是連這點都不懂的蠢貨！」

「妳說得很對。那個男人實在令人感激。」

——這無疑是兩人的真心話。

生為最高階貴族，兩人都接受過這個地位該有的教育，他們的愛國心遠超常人。

甚至願意為了國家存續獻上自己的生命。

所以他們對於那名拯救國家的青年英雄，打從心底懷有無可比擬的純粹謝意。

然而也是因為他們正在百般計劃如何加以籠絡，旁人才會完全看不出謝意吧——

「話說如果大量開採秘銀的話，真的讓我有些擔心。」

「擔心什麼？」

「『愈是強大的魔物，愈喜歡魔法銀』——妳有聽過這句話嗎？」

公爵這番話讓橙子露出打從心底感到厭惡的表情。

「別說這種不吉利的話啦。那只是毫無根據的傳聞吧？」

「我也是這麼認為。」

「況且那種特殊的礦場不是都會確實設置祭壇之類的東西，並且獻上祭品祈求消災解厄嗎？」

「照理來說是這樣沒錯。但是我實在不認為那些不惜破壞秘銀價格出清存貨的蠢貨，會有多餘的智慧安排那種事。」

「……不會吧……」

「…………」

「…………」

橙子的額頭冒出冷汗。
兼任王立最強女騎士學園理事長的橙子知道一件事。
那就是那則傳聞還有另一種版本。

「外貌愈白的魔物，愈是喜歡魔法銀——」

橙子腦中浮現符合這兩項條件，立於頂點的魔物身形。
儘管露出「這是在開玩笑吧」的態度，身體仍不由自主地顫抖。

5

我原本打算自己一個人去秘銀礦山。
然而楪小姐聽聞我的想法後，強硬地表示她也要去。
「可是楪小姐，依照地圖標示的地方來看，秘銀礦山位在非常深山的地方喔？再怎麼說也不能讓妳這個客人跑那麼遠。」

「是我自己想跟你去的，所以不用在意。而且櫻木公爵家的領地也有秘銀礦山，有我陪同應該能夠幫得上忙——絕對不是因為不想和身為夥伴的你暫時分離才跟去的，所以不要誤會了。」

「我不會誤會得那麼誇張……」

「哥哥，我也要一起去。」

「鈴葉也要去？」

「鈴葉沒必要一起去吧。光靠我們就能妥善處理，妳留在城裡等我們回來就好。」

「不，我一定要一起去——哥哥，你知道某個地方的習俗嗎？一男一女前往神聖的金屬秘銀的產地，被視為最隆重的示愛方式，甚至被當成是蜜月旅行喔？我記得櫻木公爵家的祖先就是來自那個地方——」

「我我我我我從來沒有聽說過那種習俗！」

「就是這樣，我也要一起去。楪小姐也沒有異議吧？」

「…………沒有…………」

於是前往視察秘銀礦山的人選，最後就決定是我和楪小姐加上鈴葉三個人。

＊

從結果來看，我真的很感謝楪小姐能跟我一起來。

而我會有這種想法，是因為我本來就是平民，不知為何被推上貴族的位置而已。

坦白說，我完全沒有邊境伯爵該有的風範。

毫無威嚴的我突然來到秘銀礦山，冷不防地表示自己是來視察，並要求礦山負責人來見我會是什麼樣的場面呢？

答案就是大家會覺得有個有妄想症的傻子誤入礦山。

實際上確實差點發生了這種事。

於是楪小姐就在這種情況下登場。

「——喔？你憑什麼認定自己的領主是假的？」

「…………唔！」

「這可是不敬罪呢。就算當場判你死刑也沒資格抱怨喔？」

如此說道的楪小姐走上前來。

雖然事到如今也不用多說，但是楪小姐在這個國家當中真的是無人不知無人不曉的超級名人。

她擁有天使般的容貌，女神般的身材，以及有如死神的戰力。

每一項特質都絕非是常人所能擁有。

也就是說她展現的氣場截然不同。

「非、非常抱歉——————！」

楪小姐瞬間就被認了出來，我們於是順利地來到負責人面前。

在和礦山這個地方格格不入的奢豪房間裡，我們見到了礦長和副礦長。

兩個大叔的外表看起來很像，都是很難溝通的樣子。

身材高大，一副炫耀自身肌肉的模樣。

一臉凶相，頭還禿得發亮。

一時之間還以為他們是哪來的山賊頭領，但這是我的小祕密。

「……喔？你就是新的邊境伯爵……？」

「然後這邊的就是傳說中的殺戮女戰神大人？」

坦白說，那兩人的態度真很有問題。

我不禁站到鈴葉和楪小姐的面前，擋住那兩人的視線。

我就算了。

他們用那種態度對待鈴葉我也勉強能夠接受。

然而他們見到楪小姐這個血統純正的大貴族時，眼神就像是見到高級妓女一樣，著實令人厭惡。這就真的太過分了。

要是那位極度溺愛女兒的公爵看到這個場面，肯定會立刻將兩人埋到礦山深處。

「楪小姐，真的很抱歉……咦？」

都是因為我帶著楪小姐來到這個地方，才會承受如此令人不快的低俗目光，她一定很生氣吧——

如此心想的我回頭望去，發現楪小姐不知為何顯得非常高興。

感覺她似乎很努力想維持嚴肅的表情，但卻怎麼也無法隱藏嘴角的笑意。

「楪小姐，妳到底怎麼了……？」

「沒、沒什麼！什麼事也沒有。絕對沒有因為你挺身而出袒護我而心跳加速！」

「我才沒有這麼想！」

「你自然而然為我擋住討厭的視線，讓人感受到充滿男子氣概的溫柔！你的背意外寬廣！我就像是受到夥伴保護的公主！這些不檢點的想法絕對沒有出現在我的腦中！鈴葉也是這麼認為對吧！」

「……楪小姐，妳在慌張什麼？別說這些小事了，讓這些（笨蛋）人明白哥哥真的是新的羅安格林邊境伯爵更加重要吧？」

「沒、沒錯！我也一直這麼認為！」

於是樸小姐在那之後為我進行了一場演說，講述我如何成為新的羅安格林邊境伯爵。

——那是一個關於我強大到無人能及的地步，如何成為拿到驚天大功的救國英雄，以及怎麼被指派為新任邊境伯爵的故事。

內容遭到大量加油添醋，就連吟遊詩人也不會美化到那種地步。

總之故事無比壯闊，連我這個當事人聽了都想大喊那是騙人的，而且實在過於誇張，容易使人誤解的內容層出不窮。

……我認為那些不知情的人即使聽了也不可能相信。

不出我所料，礦長他們聽聞愈多，看著我們的眼神當中的嘲弄之色就愈是濃烈。

然後——

「——喔。既然你這麼厲害，能不能請你訓練我們一下？你說呢，邊境伯爵大人？」

「我們每天都必須鍛鍊自己，防備魔物或山賊襲擊喔？所以我們鍛鍊時從來不會敷衍了事。啊哈哈！」

「邊境伯爵大人可是拯救國家的英雄，當然不會逃跑吧？」

「不過礦長太厲害了，很可能一個不小心殺了你……不過訓練時發生意外也是很常見的事吧？啊哈哈！」

「……唉，我知道了。既然你們都這麼說了。」

聽到我表示同意後，礦長他們不知為何瞬間露出驚訝的表情，然後更加放聲大笑。

……我一直有在鍛鍊自己，自認至少不會輸給非戰鬥人員的普通人就是了。

還是說我的外表看起來真的很弱嗎？

應、應該沒那回事吧……正當我想尋求認同時——

「喂喂喂……」

「他們兩個死定了……」

楪小姐和鈴葉低聲說出危險發言。

6（楪的視點）

一場慘烈的公開凌辱秀在粗獷的礦工面前上演。

不過這完全是那兩人自作自受。

「……不對，等等。欸，鈴葉，凌辱這個說法也會用在男人之間的狀況嗎？」

「我怎麼會知道？」

數十名壯碩的礦工在礦長的命令下停止工作，在坑道前的廣場上集合。

雖然名義上是為了歡迎新的邊境伯爵來訪，但是礦長他們很明顯是想在所有礦工面前痛毆鈴葉的兄長。

楪意識到這點時，當下便想揍飛那兩人，但是鈴葉的一句話讓她冷靜下來。

——這樣也好啊。讓哥哥澈底教訓他們一頓，讓他們再也不敢反抗——

「好吧，其實我也預料到會有這種情況。」

礦長他們刻意製造這個舞台，意圖將自己的強大和新邊境伯爵的無能模樣展現給礦工們看，讓他們再次體認自己的強大和不可違抗的地位。

然而現實的發展與他們的預想完全相反。

礦長和副礦長全副武裝，穿著厚重的皮甲手持大斧，用蠻族的戰法挑起戰鬥，然而對上沒有配戴任何裝備的鈴葉的兄長卻顯得束手無策。

即便他們已經用盡全力，任何攻擊都對鈴葉的兄長起不了作用。

兩人的攻擊被他以毫釐之差躲過，甚至被他用一根手指擋下。

鈴葉的兄長接著使出肉眼看不清楚的極速反擊，一擊便把他們轟進礦山的岩壁裡。

聚集在此處的礦工們看到這一幕，全都嚇得目瞪口呆。

然而對於楪還有鈴葉來說，這是再正常也不過的結果。

「鈴葉的兄長可是能把兩名亞馬遜軍團長玩弄在股掌之間的人……他們太過傲慢，選錯對手了。」

「就是說啊。話說那個礦長和副礦長居然還想抵抗，真是難以置信。他們完全不懂這輩子不管怎麼掙扎也永遠贏不過哥哥嗎？如果我是他們的話，早就哭著跪下來，乞求他饒自己一命了。」

「啊啊，這點很簡單啊。就在開打之前，我在那兩人的耳邊悄悄對他們說——『既然你們說了大話，要是一下也打不中鈴葉的兄長，醜態百出的話，身為櫻木公爵家繼承人的我就不得不建議更換礦長了。』」

「太過分了。他們絕對不可能辦到。」

鈴葉以受不了的表情繼續說道：

「哥哥到目前為止只用了一根手指，而且就連攻擊也只使用壓制實力至極的彈額頭。哥哥都讓步到這個地步，那兩個人還被打得這麼慘，而且那些礦工竟然完全不同情他們，真是太好笑了。」

「考慮到礦長他們的性格，之前應該一直都是使用暴力支配下屬。他們妄想當中的場景應該是盡情痛毆鈴葉的兄長迫使他屈服。誰知道他們下一步會想要求什麼過分的事。」

「……事到如今我開始感到不爽了。可以過去賞他們幾巴掌嗎？」

「還是算了吧。要是鈴葉使出真本領，那兩個只有外表嚇人的礦長可能會被妳一巴掌把

頭打飛，至少也是打斷脖子。話說不太對勁——」

楪覺得這場戰鬥與往常有些不同。

以往即使鈴葉的兄長展現力量的差異也會相當淡定，像是在戰鬥訓練一樣擊敗對手。

而且他應該會在某種程度顧慮對手，不過對手是否能夠感受得到則另當別論。

但是這次似乎有些情緒化，彷彿想要澈底擊潰對手……？

楪偏頭表示不解，在她身旁的鈴葉低聲說道：

「因為哥哥對自己人特別好。」

「嗯？什麼意思？」

楪開口發問。

鈴葉隨即以意識到說錯話的模樣轉過頭去。

「……沒事，我什麼也沒說。」

「妳明明就說了吧。快告訴我。」

楪身為女騎士的直覺強烈告訴自己，必須弄清楚這件事才行。

被楪用手肘頂了好幾次之後，鈴葉終於不情不願地開口解釋。

「……哥哥見到楪小姐被侮辱之後生氣了。」

「真、真的嗎……！」

櫟的臉部肌肉為之放鬆。

原來如此，鈴葉的兄長不只為我擋住令人厭惡的視線，還因為我被輕視而在心中暗地裡生氣。

那傢伙明明即使自己受到輕視也不會在意。

卻因為我這個夥伴被人輕視，展露出藏在心中的情感……！

「……唉。我就知道櫟小姐聽了一定會得意忘形，所以才不想說的。」

「我、我才沒有得意忘形！」

「不談這個了，請看那邊。看看那些在四周觀戰的礦工。」

「他們怎麼了嗎？」

「妳不覺得他們太熱情了嗎……？」

聽她這麼一說，櫟頓時也意識到了。

那些人支持鈴葉的兄長的態度似乎有些過於熱情……？

「如果是因為看到哥哥打飛至今一直虐待自己的礦長他們，那我倒是還能理解他們為什麼會這樣。」

「是啊——話說雖然這和剛才的話題完全無關，但是鈴葉知道一種說法嗎？就是在禁止女性進出，只有男人共同生活的集團裡，通常很容易流行『眾道』的樣子。所謂的眾道就是

男性之間的——」

「……這確實和現在的情況完全無關，但我們是不是快點回去比較好？改天再來進行詳細的調查也沒關係吧。還有到時候不要帶哥哥來。」

「……是啊，我也是這麼認為。」

消沉的楪如此回答。

那些礦工看向鈴葉的兄長的眼睛，感覺有點像是心形。

7

在和礦長他們進行過訓練之後，兩人變得老實多了。

看來他們認為楪小姐說的英雄故事並非完全都是假的。

之後他們領著我們參觀秘銀礦山，至少做足了表面工夫。

不過……

「果然很奇怪。」

逛了一圈秘銀礦山後，我們被帶到管理大樓的貴賓室。據說歷代邊境伯爵來訪時都是使用這間房間。

貴賓室裡有張用來開會的桌子，周圍還有幾間供隨行人員使用的臥室。應有盡有。

「哥哥，有什麼不對的嗎？」

「關於秘銀的產量。」

面對縮起身子坐在床上的鈴葉，我如此回答。

另外楪小姐因為想確認某些事，所以離開貴賓室。

「礦山規模這麼大，而且礦工人數也相當充足，不管怎麼看產量都太少了。」

「……是這樣嗎？」

「就是這樣。不過話雖然如此，我也是在過來視察之前先和綾野調查了很多資料，所以才會知道。」

「那麼是有人盜賣秘銀嗎……？」

「我覺得有這個可能。不過今天已經很晚了，明天必須詳細確認才行。」

「那個礦長和副礦長看起來真的很像壞蛋，我想他們一定有盜賣秘銀。所以乾脆逼問他們是不是比較快嗎？」

「不可以做這種事。」

正當我在教訓鈴葉時，楪小姐回來了。

「歡迎回來，櫟小姐。」

「嗯……其實我覺得依照這座礦山的規模，秘銀的產量似乎有點少，所以去找礦長他們問話了。我想只有我這個自家領地有秘銀礦山的人才會注意到吧……」

「才怪，哥哥早就注意到了。」

「鈴葉先閉嘴——那麼櫟小姐，妳有什麼想法嗎？」

「根據我的直覺，那兩個傢伙有問題。畢竟他們連長相都像壞人。」

櫟小姐的想法和鈴葉同個等級。

「所以我想稍微拷問一下礦長他們，你覺得怎麼樣？」

「不可以毫無證據就任意拷問！」

「我身為女騎士，而且經歷諸多戰場的公爵千金直覺告訴我，那兩個人明顯有問題。他們絕對不可能是清白的。」

「就算是這樣也不行！」

「哥哥，不然由我設下色誘陷阱怎麼樣？」

「那又是什麼！」

「我覺得他們打從心底澈底明白哥哥和櫟小姐有多厲害，但是他們一定還是看不起我這個小女生。所以我想散播我有夢遊症的謠言，誘騙他們在晚上我獨處時前來襲擊。」

「當然不可以！」

「你放心吧。那兩個礦長的實力只有中堅騎士的水準，鈴葉對付他們就像打死蟲子一樣簡單。」

「重點不是這個！」

＊

在那之後，我好不容易才讓她們冷靜下來。

當我們決定明天要好好展開調查時，已經到了晚餐時間。

「哥哥，晚餐好像是乾燒明蝦。」

「乾燒明蝦？」

乾燒明蝦是用辛香料炒蝦子的料理。

孤陋寡聞的我不曉得乾燒明蝦的乾燒是什麼意思，大概是魔法用語。

「在肉體勞動後，果然要吃鹹一點的食物。妳說對吧，楪小姐？」

「我想是吧……不過如果可以的話，我更想吃鈴葉的兄長親手做的乾燒明蝦……」

「好好好，等我們回城堡就做給妳們吃。」

當我們走進備妥乾燒明蝦的幹部餐廳時，便見到正在等待我們的礦長和副礦長，同時也見到另一個人。據說是礦山的會計主管。

這個人也和礦長一樣是粗獷的禿頭大叔。該怎麼說，有種很像和山賊開宴會的感覺。

不管怎麼說，儘管空有形式，至少他們還是款待了我們。

然後他們準備的乾燒明蝦……光看外表就覺得非常鹹。

至於到底有多鹹，吃了這種東西可能會因為高血壓猝死吧。畢竟放的鹽多到無法溶解，甚至浮在料理表面。

儘管在採礦之類的肉體勞動後，重鹹的食物可能會更好吃，我想應該也有個限度。

就算這道料理下了毒，也絕對會鹹到嚐不出味道有異吧。

「…………」

礦長等人莫名面露陰險的笑容看著我們，這讓我有些擔心。

乍看之下似乎是在想「你們能忍受我們的乾燒明蝦的鹹度嗎？」但是似乎又好像暗藏了什麼不好的心思。所以——

「啊，徬徨白髮吸血鬼在那裡。」

「「「「什麼！」」」」

趁著大家的注意力被我引向窗外時，我迅速調換裝有乾燒明蝦的盤子。

將我們的盤子換給礦長他們，並將礦長他們的換到我們這邊。
只是交換一下彼此的乾燒明蝦，如果沒有異常的話當然不會出什麼問題。
「抱歉，好像是我看錯了。我們開動吧。」
——然後我們開始吃起晚餐之後不久。
礦長等三人突然口吐白沫倒下。

8

「怎麼會……難道是敵襲嗎！」
「不是的，楪小姐。」
「哥哥說得對。這些人應該是故意在料理裡用了太多鹽，想讓我們高血壓發作殺掉我們，結果反而是自己中招了。態度那麼囂張，結果卻這麼脆弱。」
「我覺得不是喔。」
我向誤以為他們遭受遠程魔法攻擊的楪小姐，還有確信他們是由於攝取鹽分過多倒下的

鈴葉解釋情況。

我注意到礦長他們的舉止有些不尋常。

因此我找了個機會偷偷調換雙方裝有乾燒明蝦的盤子。

於是礦長他們吃了原本是給我們的乾燒明蝦後，三個人口吐白沫倒下了。

「所以……他們是想對哥哥下毒嗎？」

「雖然還沒辦法斷定，不過應該是吧。」

「可是為什麼要對成為貴族的哥哥下毒呢？他們要是做出這種事，不是整個家族都會受到牽連然後誅殺嗎？就算他們再怎麼蠢，為什麼要做出這種蠢過頭的事……？」

「或許他們早已犯下無法挽回的罪行吧。」

如果盜賣秘銀的事暴露，那麼抄家滅族也是理所當然的事。

既然如此，為了遏止自己的犯行遭到揭露，就算礙事的人是貴族，也很有可能利用下毒掩蓋一切。

就算失敗，他們的罪行也不會更重了。

「楪小姐有什麼想法……楪小姐？」

「呃，啊啊。」

聽到我將話題拋向她，似乎心不在焉的楪小姐慌忙轉向我。她的臉看起來有點紅。

「怎麼了嗎？該不會櫟小姐的乾燒明蝦也被下毒了……！」

「沒有，並非如此。就是……我又被你救了一命。」

「什麼？」

「當然了，我知道是我鬆懈的錯。你在不久前還是平民，照理來說不會發現暗殺或食物裡被下毒這種事。幸好你有發現，不過原本應該有所察覺的人是我。真的很抱歉。」

「別這麼說，櫟小姐一點錯也沒有。」

「所以我真的該深深反省……但是從剛才開始就開心得不得了。」

「咦？」

「該幫助你的時候，反倒受到你的幫助。我真是個沒用的女人。即使知道這樣不行——但是只要想到又被你救了一命，我的心就會不受控制地雀躍起來。」

看到她紅著臉抬起頭說出這種話，同時一副忸忸怩怩的模樣，讓我不知道該怎麼辦。

面對這種情況，我該怎麼回答才好呢？

櫟小姐看起來似乎正在深深反省，對她說「沒這回事」似乎有些奇怪，但是直接說「沒錯」也不對。

話雖如此，我絲毫沒有責怪櫟小姐的意思。

我在腦中迅速思索，決定強硬一點表達出我的真心話。

「我有注意到楪小姐沒有察覺的事，這樣不就夠了嗎？」

「可是你——」

「我和楪小姐已經是夥伴了，甚至可以說是一心同體！所以就算其中一方沒有察覺某件事，只要另一方有注意到就行了。透過這種方式互相幫助，不正是真正的夥伴該做的事嗎！所以這次也完全沒問題！」

「原、原來是這樣嗎……！」

「咦？」

「我從來沒有想過你會認可我這個夥伴到這種地步……！」

面對我的超強硬理論，楪小姐不知道為什麼聽了之後淚眼汪汪，感到非常感動。

感覺自己好像不小心讓楪小姐誤會了什麼。

不過既然事情已經解決，那就算了吧。

「那麼楪小姐，我們先壓制所有礦工，接著開始偵訊那些長期在這座礦山裡工作，並且很熟悉這個地方的礦工吧。」

「嗯？當然要偵訊，不過明天再做也可以吧？比、比起這個，我更想知道你是從什麼時候開始認可我為夥伴的……！」

「不，今天就要開始。」

我原本打算明天開始進行，但是既然礦山的三個高層都倒下了，情況發生極大變化。

「礦工裡可能有他們的共犯，所以我想防止他們銷毀證據。」

「——原來如此。要是真的有共犯，他們知道礦長倒下的話，今晚很有可能試圖逃走或是銷毀證據。畢竟他們面臨的無疑是極刑。」

「對。雖然我們可以選擇隱瞞礦長倒下的消息到明天，但是與他們交易秘銀的人也有可能今晚出現。要是礦長一直不露面，他們肯定會察覺……鈴葉覺得這麼做好嗎？」

「好的，我會依照哥哥的判斷行事。」

接著我們為了預防萬一，用繩子把口吐白沫的礦長三人牢牢捆綁，然後去找那些工作結束的礦工。

就在這一刻，我在心裡鬆了一口氣，覺得能夠就此平安無事解決關於秘銀礦山的問題。

——然而以結果來說，這個想法大錯特錯。

9

在那之後，我們三人開始向礦工問話，有時候楪小姐甚至會使用王國女騎士祕傳的拷問

技巧「那個關節不能往那邊彎」藉此獲取情報。我們整合了情報之後，得知秘銀會在每個月一次的滿月夜晚悄悄運走。

我抬頭望向比平常更紅的圓月。

也就是說正是今晚。

「話說真不愧是哥哥。居然能猜到今天會有非法交易。」

「只是恰巧而已。主要是礦長他們太急著對我們出手，所以我才覺得可能有什麼隱情。而且這也有可能是正常的交易。」

「不，不可能有這回事。如果是正常的交易對象，應該會在白天過來取貨才對。要是礦長他們把普通的銀誤認為是秘銀，交易時還被對方抓到的話，那麼事態就嚴重了。」

「啊，所以才會選擇在滿月的夜晚暗地裡進行交易啊。我明白了。」

我們還問出他們可能進行交易的地點。

位置就在秘銀礦山的後方，鐘乳石洞最深處的盡頭。

據說那些人進行非法交易的地方，就是用來奉納秘銀驅魔的祭壇所在處。

因為這一趟有危險，帶領大隊人馬的話又怕對方察覺之後逃跑，所以我們沒有帶任何礦工。只有我、楪小姐和鈴葉三人前往鐘乳石洞，阻止非法秘銀交易。

反正有楪小姐在場，不管遇到什麼對手應該都沒問題。

我的想法就是如此樂觀。

＊

過了不久來到鐘乳石洞的入口，悄悄地走進去。

那是幾乎讓人懷疑能否錯身的狹窄洞穴。

此外洞穴岩石雖然凹凸不平，但是表面相當光滑。這大概就是鐘乳石洞的特徵吧。

「鈴葉，小心不要滑倒喔。」

「好的，哥哥。這裡好黑，幾乎什麼都看不到。」

「忍耐一下。那些礦工說祭壇所在處頂部直通外面，屆時應該可以看到天空。」

「不過……考慮到要搬運秘銀，對方的人數應該不在少數，然而我卻完全感受不到他們的存在……」

「是啊……莫非判斷錯誤了嗎？」

我們一面低聲交談，一面小心翼翼深入鐘乳石洞。

不斷向前走的我們來到一處寬敞的地方。

穿越狹窄的通道後，眼前豁然出現像是廣場一樣的空間。

數十公尺高的洞穴頂部直通外界，鮮紅的滿月照亮整個廣場。

「……唔！」

大量士兵死在廣場上。

他們可能是隸屬某個國家的正規軍，全副武裝的士兵屍體散落在整個鐘乳石洞廣場。

在慘烈的場景之中——

我與唯一還活著的人對上了眼。

她靜靜站立在廣場最深處。當她認出我時，彎起嘴角「嘻」笑了一聲，並用那雙比血還要深邃的火紅雙眼盯著我，慢慢有了動作。

「妳們兩個，退到我的後面——！」

「哥哥……！」

「你……！那該不會是——！」

聽到我極度緊張地下達指示，兩人似乎也意識到情況不大對。

對方毫無疑問是我的對手，真沒想到會在這裡再次和她對決。

自雲間灑落的月光照亮了她的臉。

直至腰際的純白長髮。

單看外表，宛如夏天時分的貴族千金。

然而她的真實身分，卻是傳說中收割所有目擊者生命的死神。

身後傳來一聲驚呼，不曉得是鈴葉還是楪小姐的聲音。

徬徨白髮吸血鬼朝我急奔而來——！

10（楪的視點）

從來沒有料想到會再次見到她。

當初楪和鈴葉的兄長一同遠行，輔助新生完成消滅哥布林的測驗。

他們在那時偶然撞見了她——徬徨白髮吸血鬼。

外表看起來是個瘦得嚇人的少女，更擁有不似世上應有的美貌。

穿著白色連身裙，頭戴草帽，一身打扮就像是夏天的千金大小姐。

不過雙眼卻是比血還要深邃的火紅色。

她是據稱會撲殺所有目擊者的傳說惡魔。

她是擁有許多隻身滅國紀錄的最糟災厄。

她是鈴葉口中曾毀滅兄妹故鄉村莊的存在。

「這傢伙為什麼會在這裡——！」

面對如同世間所有的暴力和不合理凝聚而成的存在，櫟只能無奈說出這句話。

在櫟的眼前，鈴葉的兄長和徬徨白髮吸血鬼展開激烈的死鬥。

根據櫟的認知，她是唯一連鈴葉的兄長也無法確定能否戰勝的存在。

那就是名為徬徨白髮吸血鬼的惡魔。

「話說她的右手不是已經被鈴葉的兄長砍掉了嗎——！」

櫟覺得眼前的場景根本就是地獄。

她的雙腳為之顫抖，動彈不得。

雖然覺得自己很沒出息，但是她知道自身實力和他們相差太大，根本幫不上鈴葉的兄長。隨便出手的話只會成為他的累贅。

她也非常清楚若是逃離這個地方，鈴葉的兄長或許可以戰鬥得稍微輕鬆一點。

然而——

楪身為女騎士的本能在警告自己，她要是轉過身便會被殺。

因此楪能做的事只有一件。

只能不甘心地咬緊牙關，在一旁守望鈴葉的兄長為了保護她們的性命而戰的背影——

「楪小姐，妳發現了嗎？」

「發現什麼？」

「那個惡魔的右手臂。」

「看起來是重生了。真是氣人。」

鈴葉也和楪一樣待在原地寸步不移，目不轉睛地盯著兄長戰鬥的身姿。楪回答了鈴葉對自己提出的問題。

鈴葉沒有抹去額頭上冒出的汗水便說道：

「請仔細看，那條手臂是由秘銀製成的。」

「什麼！」

「——我猜那個惡魔一定是認為想和哥哥戰鬥的話，用普通重生的手臂也沒辦法抗衡。所以她吞噬了這座礦山的秘銀，藉此重新塑造自己的右手臂——」

「怎麼會有這麼荒唐的事……」

檪儘管口頭上加以否定，但是直覺告訴她鈴葉的猜測是正確的。

畢竟這一切都太過合理。

否則就算秘銀和魔物的親和性再怎麼高，在秘銀礦山撞見徬徨白髮吸血鬼也未免太過巧合了。

此外還有另一個理由。

愈是強大的魔物和品質愈高的魔法銀，兩者的親和性也愈高。

檪知曉這方面的知識。

對方可是超乎常理的惡魔。根據她的親眼見聞，這裡出產的秘銀品質也極為上乘。

既然如此，徬徨白髮吸血鬼長出一條秘銀右臂——一點也不奇怪。

「所以那個惡魔才會變得這麼厲害嗎……？」

為什麼徬徨白髮吸血鬼的實力會比以前還要強呢？

鈴葉的兄長比當時還要強大，要是那傢伙的實力和以前一樣沒有變化，他就不會陷入苦戰了——！

「……只能在一旁靜靜觀看吧。我們根本不是她的對手……」

「也只能這樣了……」

不知該說是幸運還是令人感到憤慨。

徬徨白髮吸血鬼的眼裡明顯只有鈴葉的兄長，棵很清楚她們兩人在她眼裡就和路邊的小石頭一樣。

所以棵她們只能緊張地屏住呼吸，在一旁守望著鈴葉的兄長以令人難以置信的強悍實力保護她們。

*

在那之後不知道過了多久。

若是徬徨白髮吸血鬼的雙手都是秘銀，或許鈴葉的兄長便沒有勝算。他們之間的戰鬥就是如此激烈。

然而現況是徬徨白髮吸血鬼只有右手是秘銀，而鈴葉的兄長與棵和鈴葉一起鍛鍊所提升的實力，略為超出秘銀手臂為徬徨白髮吸血鬼帶來的助益。

隨著鈴葉的兄長逐漸拉大優勢，徬徨白髮吸血鬼也緩緩提升戰鬥的節奏。

然而那似乎只是強行加劇早已達到頂峰的炙熱戰局。

終有一方迎向極限，此事不言而喻。

那個瞬間終於到來。
「啪哩」一聲，彷彿某種東西碎裂的聲音響起。
徬徨白髮吸血鬼的右臂發出耀眼的光芒——
引發了巨大的爆炸。
從礦山外部看去，只見光之洪流衝向天際。
彷彿一道筆直衝出的火山爆發——

11（楪的視點）

「——楪小姐、楪小姐。」
「呼咪……？」
當楪清醒之時，見到鈴葉的兄長在自己眼前微笑說聲：「太好了。」
「你……？這裡是天國嗎……？」

「妳之前也說過一樣的話呢。不過這裡不是天國喔。」

「……咦……？」

晃了晃腦袋整理思緒。

還記得徬徨白髮吸血鬼的右臂突然發光，接著引發大爆炸——

稍微思考一下自己為什麼能在那場大爆炸中活下來，然後便明白了。

原來如此，所以鈴葉的兄長才會在自己的眼前吧。

能夠像這樣活下來，大概是因為自己的夥伴又像之前一樣，再次治療了自己的身體。

「是你治療了我的傷吧。謝謝，我又被你救了一命。」

「沒什麼，不用謝。不過妳這次可沒有留下任何傷痕喔。」

「那倒是有點遺憾——你打敗她了嗎？」

「我不知道。」

鈴葉的兄長面露苦笑，抬頭望向天空。

陽光已經在不知不覺間灑落，楪似乎昏睡了好幾個小時。

「完全找不到徬徨白髮吸血鬼的蹤跡，所以可能是從頂部的洞口逃走了。」

「這樣啊。」

雖然地面距離鐘乳石洞頂部有幾十公尺，但是依照徬徨白髮吸血鬼的腿力來說，楪認為

她完全有可能從上方跳出去。

當然了，最有可能的還是被大爆炸炸得屍骨無存。

「不管怎麼樣，你又贏了。父親大人和橙子知道肯定會大吃一驚。」

「不過這次不像之前那樣有手臂之類的東西當證據，應該不會相信吧。」

「才沒這回事。」

至少楪的父親公爵還有女王橙子肯定會毫不懷疑地相信。畢竟信任和實績有所不同。

「好了。楪小姐，起得來嗎？」

「嗯……有點困難。」

「我幫妳一把吧。」

「麻煩你了。」

話一說完，展現關懷之意的鈴葉的兄長靠了過來，來到彷彿要擁抱的距離。

奇、奇怪……？

這、這不就是所謂的等待親吻的距離嗎……！

雖然突然降臨的幸運使得楪手足無措，腦中依然全速回想著女騎士同事提過的知識。忍不住心跳加速輕輕闔上眼睛噘起嘴唇，做出親吻的姿勢——！

「嗚妞——」

……嗚妞——？

「怎麼了……？」

耳朵聽到不合時宜的呻吟聲，張開雙眼只見一名幼女騎在鈴葉的兄長的頭上。

比雪還要白的頭髮，比血還要紅的火紅雙眼。

身穿夏季洋裝，看起來就像夏天的千金大小姐，但是洋裝的尺寸明顯太大了。

「欸，你頭上那個看似徬徨白髮吸血鬼的幼女是……？」

「…………誰知道。」

＊

鈴葉的兄長和楪都試著詢問這名幼女，但是終究不曉得她到底是誰。

畢竟無論問她什麼，都只會回答「嗚妞——」而已。

從外貌特徵來看，根本就是徬徨白髮吸血鬼，但是她對鈴葉的兄長毫無敵意。

她的右臂也很正常。

隨後櫟冒出一個無論如何都得確認的問題。

「該不會是你的私生女吧……？」

「怎麼可能！」

「我是開玩笑的。不，倒也不全然是玩笑。」

要是得到肯定的答案，櫟的人生計畫將從基礎澈底崩潰。櫟在得到否定的答案後，暫且鬆了一口氣。

「難道是徬徨白髮吸血鬼重生了嗎？」

「這個嘛……我覺得從死亡到重生也未免太快了。」

「那麼是徬徨白髮吸血鬼的孩子嗎？」

「如果真是那樣，要是徬徨白髮吸血鬼還活著，會回來帶走她嗎……？」

「這個玩笑不好笑，饒了我吧。」

「依據王室與高階貴族之類的祕聞，能知道些什麼嗎？」

「我會去確認，但是希望應該不大……畢竟是據說會殺光所有目擊者的惡魔。」

就在鈴葉的兄長頂著幼女討論這件事時，鈴葉輕輕「嗯……」了一聲。看來是醒了。

「我去叫醒她。」

「嗯。」

楪也站起身來。

總之需要思考的事情太多了。

楪隨後見到鈴葉和剛才的自己一樣，即便聽到不合時宜的「嗚妞——」聲，仍然保持等待親吻的姿勢，便給了她的後腦杓一記手刀，並且環望被大爆炸炸毀大半的鐘乳石洞——

「……咦？那該不會是山銅吧……！」

比秘銀還要稀有的夢幻金屬——

山銅的礦床裸露在岩石之間——

3
章

簽約儀式

1

從秘銀礦山返回之後，見到等候我多時的情景。

在辦公室裡遭到文件淹沒的綾野，對我投來充滿怨恨的眼神。

「好、好驚人的場面啊……？呃……這是我帶回來的紀念品，山銅。」

「……這塊山銅礦石看起來像是做工精良的假貨。閣下是在哪個紀念品店買的？」

「這好像是真的山銅喔？榤小姐是這麼說的。」

「怎麼可能。如果這種大小的礦石真的是山銅，整個大陸的國家都會一片譁然的。」

「我不覺得它是假的耶？」

畢竟是從礦脈暴露在外的地方撿回來的。

從榤小姐在那之後慌張的模樣，還有對礦工下達無比嚴厲的封口令來看，可以想像這是比秘銀還要稀有的金屬。

After my sister
enrolling in
Girl Knights'School,
I become a HERO.

不過我其實不清楚這到底是什麼樣的礦物。

「還有一件事，閣下頭上那名白髮幼女是閣下的私生女嗎？」

「怎麼可能啊！」

為什麼大家都懷疑我有私生女呢？

真是讓人不解。

「這個孩子……我也不清楚。」

「這是怎麼回事？」

我開始向綾野說明。

我們和徬徨白髮吸血鬼展開死鬥，之後發生了無比耀眼的大爆炸，徬徨白髮吸血鬼就此消失，取而代之的是出現這名幼女。

還有她的一頭白髮和火紅雙眼，全都與徬徨白髮吸血鬼的特徵一模一樣。

我注意到綾野聽著聽著，原先疑惑的表情逐漸變得緊張。

「閣下？所以這名幼女和徬徨白髮吸血鬼有某種關聯嗎……？」

「這點不能肯定……再怎麼說都不能把她留在礦山裡吧？所以就把她帶回來了。」

「……唉，真不曉得該說閣下是神經大條，還是膽大到教人傻眼……」

「也說得太過分了吧！」

我當然知道綾野想說什麼。

如果這個孩子和徬徨白髮吸血鬼有絲毫關聯，最正確的作法一定是殺掉她吧。至少從統治者的角度來看是這樣。

但是我無論如何都辦不到。

如果要我加以選擇，我會放棄邊境伯爵的身分，帶著這個孩子和鈴葉一起逃到某座森林的深處生活。

這個孩子沒有做任何壞事。這是平民的意氣之爭。

即使之後確定她和徬徨白髮吸血鬼有關也一樣——

「這個孩子叫什麼名字？」

「她叫嗚妞子。」

「……什麼？」

「不管跟她說什麼都只會回答『嗚妞——』所以就決定叫她嗚妞子。」

「嗚妞——」

「……我非常清楚閣下絲毫沒有命名品味了。」

這個評價真是刻薄。

之後綾野認為應該先讓嗚妞子擔任見習女僕，藉此來觀察情況，我也同意他的意見，於

是就這麼決定讓嗚妞子成為城堡的幼女女僕
詢問嗚妞子是否同意，她「嗚妞——」點了點頭，所以大概是同意了。
「那我把嗚妞子的前輩女僕叫來嘍。奏——」
「隨傳隨到。」
我的話還沒說完，我家的優秀女僕奏便現身了。
完全不知道她是怎麼做到的。
然後奏凝視即將成為後輩的嗚妞子的臉……
「……角色重複了。」
「嗚妞？」
哎呀，一個是銀髮少女，另一個是白髮幼女，我想應該不至於太過重複吧。
接著奏緊緊地將嗚妞子抱在胸前。
「不過奏的胸部比較大。」
「嗚妞——！」
「妳在比什麼啊！」
嗚妞子被擁入奏那與體型極不相襯的豐滿胸口，嘴巴和鼻子都被堵住，不禁開始拚命掙扎起來。

儘管她們看起來只是在打鬧，不過嗚妞子應該是真的沒辦法呼吸。

「好了，奏，放開她吧。」

「嗚、嗚妞……」

「確定上下關係了。」

我把嗚妞子從奏身邊拉開，只見嗚妞子眼眶泛淚，奏卻不知為何一臉得意洋洋。

居然和幼女比胸部大小，藉此抬高自己的地位，這個舉動真不知該說成熟還是幼稚。

「今後奏會以女僕長的身分好好教育妳。」

「嗚妞。」

「女僕之道不是一天就能參透的。」

「嗚妞——！」

她們似乎能處得不錯，所以我想這樣也好吧。

*

安置嗚妞子之後，我詢問打從剛才一直在意的事。

「對了，綾野，怎麼會有這麼多文件？」

至少在我去秘銀礦山之前，情況應該沒有這麼慘烈。於是他回答：

「閣下不在時橙子女王傳來消息，表示王國決定和威恩塔斯公國簽署停戰協議。現在正為簽約儀式忙得不可開交。」

「簽署停戰協議嗎？儀式要在哪裡舉辦？」

「就在這座城裡。」

「咦？」

這點雖然令我很驚訝，但是稍微思考也能理解。

羅安格林邊境伯爵領位於國境附近，在這裡舉辦想必會比在哪邊的王都來得方便。

而且原先是敵軍指揮官的人質都被我們帶來安置在這裡，要是停戰之後公國能帶著他們一起回去，就能省去很多麻煩。

我愈想愈覺得在這座城裡舉辦非常合理。

不過還是有件事讓我感到很奇怪。

「嗯……」

像綾野這麼優秀的人，我以為他應該能夠一臉輕鬆地處理這些事。

畢竟他可是能力出眾宛如作弊的文官，總是能先一步預想到即將到來的工作，並且提前完美做好準備。

不過綾野的下一句話便打消了我心中的疑惑。

「橙子女王屆時也會出席簽約儀式。而且還會邀請來自各大國的客人。」

「咦？橙子也要來嗎？還有大國是指……？」

「照理來說如果只讓當事國的全權大使來此簽約，情況會簡單很多……一般不會邀請各國的客人來到這種邊境地區觀禮，我想橙子女王是打算屆時讓閣下亮相吧。」

「不太懂讓我亮相是什麼意思，還有各國的客人真的會應邀來到這種邊境地區嗎？」

「照理來說不會，但是他們這次會來。畢竟閣下是解決巨魔異常繁殖的事態，拯救了大陸的英雄。」

「那只不過是巧合而已……」

「我覺得僅僅因為巧合便拯救世界是非常了不起的行為。」

原來如此。或許也有這種看法。

「亞馬遜族強烈希望全族前來參加儀式，但是橙子女王只允許派遣代表參加。聽說這個消息後，各國也都表示希望向閣下致敬，將會派遣要員前來與會。」

「咦咦咦……」

「好吧，我想眾人到目前為止的反應都在橙子女王的預料之內吧。」

我明白了，所以才會有像山一樣多的文件堆在這裡。

綾野肯定也很辛苦吧。

畢竟來自不同國家的人聚集在一起，本身就是件麻煩事。

各個國家都有忌口的食物、避諱的事物，以及屬於他們的風俗習慣，這些全都需要提前做好研究和準備。

「橙子女王似乎也將在近期到訪。」

「橙子小姐真是辛苦。話說她過來這裡沒問題嗎？」

「目前的政權還沒有完全穩定，照理說不應該來的，但是這次大概沒問題。畢竟她的政敵已遭到澈底肅清，而且王國還有一張強大的王牌藏在這個邊境。」

「確實只要有楪小姐，有異心的人就會怕到不敢發動政變吧。」

「真正令人畏懼的無疑是……算了，就當作是這樣吧。」

綾野不知道為什麼露出一副受不了的表情。

當我走出辦公室，似乎正在等我的楪小姐表示有事想跟我說。

「楪小姐可以一起進來啊？」

「我原本也是這麼想，可是瞥見那一大堆文件後被嚇到了……」

由於不能讓地位崇高的公爵千金站在這裡和我說話，所以便把她領到會客室。

雖然她平常似乎不太在乎這些細節，不過這是兩回事。

當我們在會客室坐定後，女僕奏立刻前來為我們泡茶。不愧是我家女僕。

我決定裝作沒看見奏的頭上趴著嗚妞子。

「那麼楪小姐有什麼事嗎？」

「嗯，橙子應該會比綾野預想的更早過來這裡。」

「妳的意思是？」

「因為我們發現了嗚妞子和山銅，所以我寫封信催促她儘快過來。」

「原來是這樣啊。」

「不過簽約儀式的日期應該不會變吧。」

就我個人而言，橙子小姐能在這裡待久一點，是件再好不過的事。

她一直都很忙，希望她能在這裡好好放鬆一下。

2

橙子小姐正如楪小姐所說，比預定的時間早了好幾天抵達。

After my sister enrolling in Girl Knights'School, I become a HERO.

而且在橙子小姐之後，負責這場簽約儀式的衛兵與事務官、為了儀式之後的派對而來的廚師和女僕部隊，以及承擔縫製派對禮服大任的設計師等工作人員都會陸續過來。這下真的省了我不少麻煩。

帶給我這麼多幫助的橙子聽完我們之前遭遇的事之後，忍不住用力抱頭。

「不不不，這太荒謬了……！光是找到山銅就是震撼全大陸的大新聞，發現礦脈是怎麼回事！還有兒童版的徬徨白髮吸血鬼更是前所未聞！簡直莫名其妙！」

「橙子放心吧。我也完全搞不懂是怎麼回事。」

「這個愚蠢的公爵千金憑什麼挺著大得不像話的胸部說出這種話！」

「呵。畢竟我已經讓我的夥伴成為貴族並且解開他的枷鎖，早就料到他會取得這些了不起的成就。」

「我確實是有點期待他能有所成就！可是完全沒料到他跑了這一趟，就捧著兩個能瞬間顛覆整個世界的超大炸彈回來！」

橙子小姐和橾小姐在我面前爭論聽不懂的話題，我還是先別過問好了。

「橙子小姐，總之先冷靜一下吧。來，喝個茶。」

「謝、謝謝……果然還是鈴葉兄泡的茶最好喝。」

「麻煩也給我一杯。那麼橙子，妳這個女王打算怎麼處理這兩件事？」

橙子小姐輕輕啜飲幾口茶，稍稍平靜下來之後才回答楪小姐。

「這種麻煩事暫且擱置，總之先這樣吧。」

「為什麼？」

「因為我們的資訊太少了——如果能妥善運用，山銅和嗚妞子的價值都足以讓王國統一整個大陸，反之要是一個處理不好，恐怕很有可能毀掉整個大陸。這兩件事的分量就是這麼重，所以我們現在能做的只有竭盡所能收集資料吧？」

「原來如此。那麼在資料收集完畢之前呢？」

「只能先託付給鈴葉兄了。幸好目前看起來沒有引發任何風波，而且我想鈴葉兄也不會做出什麼壞事吧？」

「我也是這麼認為。」

「對吧——不過我想應該可以先開採山銅。」

「還是先不要比較好。雖然應該沒什麼問題，但若是山銅不用特殊方法開採便會出問題的話就不妙了。」

「說得也是。」

「總之我們現在應該把精力都集中在眼前的簽約儀式……呵呵，這是我和我的夥伴首次在國際場合亮相呢。該穿什麼禮服才好呢——嗯，純白的婚紗在加冕典禮時已經被橙子搶先

了……是否該穿白無垢……？」

「喂，我可沒有那種想法喔！」

「喔──妳可以對神發誓真的完全沒有那種打算嗎？」

「……嗯，抱歉。樑和鈴葉都和我穿一樣的禮服吧。費用由我來支出，就當作是為了賠罪──」

她們在我眼前一一決定我不太理解又好像很重要的事。

真不愧是女王和公爵千金，太令人敬佩了。

＊

橙子小姐表示她想看看俘虜，所以我領著她前往城堡的地底。

這種貴族的城堡中，通常都有用來囚禁犯人或是拷問的地下牢房。

這座城堡屬於邊境伯爵的居所，所以城堡的地下牢房十分寬廣，和王城相比也毫不遜色，但是現在卻擠滿了人。

因為這裡滿滿的都是被我們俘虜的敵國指揮官。

敵國的女王突然現身，所有見到橙子小姐的俘虜全都開始大聲喧嘩，但是在前頭負責帶路的女僕奏開口說聲：

「太吵了。」

只是這麼簡單的一句話，就讓整個牢房瞬間安靜下來。

「……欸，鈴葉兄，這是怎麼回事？」

「呃……我家女僕很優秀，所以牢房也是由她負責看守。我也是後來才知道俘虜一開始似乎曾經集體暴動，那時候奏自己一個人——」

「把他們揍得頭破血流。」

奏得意地哼了一聲並挺起胸膛。

不過我認為她所說的揍得頭破血流有些誇張了。

「好像是某天晚上奏獨自對上數百個暴動的俘虜，還把他們全都痛揍一頓。」

「欸嘿。」

「而且她似乎還用了非常殘忍的方法。」

照理來說一名女僕怎麼可能解決幾百個士兵呢？太不切實際了。

她又不是樸小姐。

所以我才會覺得那件事太誇張。但是既然奏這麼堅持，那就當作是這麼回事吧。

「喔？鈴葉兄，所謂殘忍的方法是什麼？」

「奏說她澈底粉碎他們的驕傲，並且從根本上摧毀自尊，讓他們再也不敢反抗。」

順帶一提，她並沒有告訴我具體的細節，並表示那是「女僕的祕密」三緘其口。

所以我並不知曉奏究竟做了什麼，但是我知道一件事。

隔天早上巡邏的士兵發現他們時，這些被俘虜的壯漢們全都有如受驚的小狗一樣渾身顫抖，還用雙手護著自己的屁股。同時還是全裸。

「他們都是重要的人質，所以我有提醒過她不要太過粗暴，但如果他們試圖逃跑的話就沒辦法了。」

「光是不要被殺就很好了。」

「是啊。」

所以聽聞那件事的我雖然不禁苦笑，還是讚賞了奏。

聽完我的描述，橙子小姐似乎突然有了什麼想法。

「——這個方法似乎很有用。」

「什麼意思？」

「我看了那些俘虜，注意到有很多人都是威恩塔斯公國有力貴族的家主或是繼承人。所以要是能夠澈底灌輸恐懼，打從靈魂的深處加以調教，使他們再也不敢反抗我國……！」

「咦？」

「況且鈴葉兄的女僕能做到的事，鈴葉兄沒理由做不到……沒錯，鈴葉兄的實力深不可測，只要你有心，甚至能用一根手指便把他們一起碾碎——要是把這個事實深深刻劃進那些人的心中直至他們崩潰……！這個辦法太好了，這些人對於威恩塔斯公國的貴族社會肯定有足夠的影響力，順利的話甚至還能期待內部分裂……！」

橙子小姐唸唸有詞不知在說些什麼。

我猜她可能是想到了什麼驚天陰謀。

因為她的表情看起來真的很壞。

「欸，鈴葉兄，我有件事想拜託你！」

「有什麼事呢？」

聽到我的回答，橙子小姐稍微思考了一下說道：

「我希望你從今天開始直到簽約儀式釋放俘虜這段期間，每天都在俘虜面前展示你們訓練的情況。」

「……什麼？」

「反正鈴葉兄不是都會和鈴葉和楪她們一起訓練嗎？我想請你把每天訓練的內容毫無保留地展現給俘虜看。按摩就不用了，只要展現那種特別驚心動魄的戰鬥訓練就好！」

「那是沒關係啦……？」

「再來嘛，對了，在過程當中加入展示力量加以威攝的環節似乎也不錯。像是楪一拳粉碎巨大的岩石，或是鈴葉用迴旋踢把體型龐大的熊踢飛到天際。然後鈴葉兄又能輕易輾壓那兩個怪物，這樣他們對你的實力也會有更加清晰的認知！」

「……呃，我明白了。」

雖然不太清楚橙子小姐的意圖，不過我還是先詢問鈴葉和楪小姐的意見，她們便欣然答應了。

她們會如此開心，好像單純是因為找到理由不做文書工作，專心從事訓練的緣故。

於是——

從那天開始直到簽約儀式的這段期間，我們都在俘虜的面前訓練。

不知為何隨著日子一天天過去，那些俘虜的臉色變得愈來愈蒼白。

但是楪小姐和鈴葉看起來都很開心，所以我決定不去在意。

3

某天我在辦公室裡與文件激戰時，心情似乎很好的鈴葉走進來對我說道：

「哥哥，要不要去湖邊游泳？」

「湖？」

「是的，原來城堡附近有一座很漂亮的湖喔。這是橙子小姐告訴我的。據說那是從地下湧出的溫水形成的湖，好像一年四季都保持著舒適的溫度，所以就算是冬天也能在那裡游泳。而且還說會請人幫我們製作泳裝。」

「為什麼還要準備泳裝？」

「這就說來話長了——簽署停戰協議的儀式結束後，原本就決定要辦一場聚集出席者的派對，所以橙子小姐還特地請來設計師。她說得另外做新的禮服給我們在派對上穿。」

「喔——」

儘管明白這就是貴族的世界，但是本質是個平民的我無論如何都會覺得這也太奢侈了。之前參加那場在櫻木公爵家舉辦的凱旋派對時，不是已經為鈴葉訂製了一套品質很好的禮服了嗎？

鈴葉似乎看穿我這個哥哥的想法，有些害羞地說道：

「我也有試過之前那件禮服，可是胸口已經變得太緊了。」

「…………」

「自從訂製禮服之後，我的胸圍好像提升了大約三個尺寸。橙子小姐她們都說我還在

成長，所以這也是沒辦法的事。要是勉強穿上之前那件禮服，硬塞進去的胸部會從旁邊擠出來，看起來非常色。」

「我明白了。那就訂製新的禮服吧。」

「謝謝你，哥哥。」

就算再怎麼節儉，也絕對不能妹妹穿得不體面。

「然後我們之前聊得很開心，想說新的禮服既然要量身訂做，乾脆順便訂製泳裝。我們的泳裝要是不訂製的話，胸部絕對不合尺寸。橙子小姐表示禮服和泳裝的費用都由王室預算支付，所以是免費的。我覺得這是個很棒的機會。」

「她還真是大方。」

「是啊。不過代價是要我邀請哥哥一起去湖邊——不對，是因為難得做了新的泳裝，我們覺得可以約哥哥一起去游泳。怎麼樣？哥哥要不要去呢？」

被她用如此期待的眼神盯著，真是讓人為難。

不過不管她再怎麼熱情邀請我，我都不會改變早已決定的答案。

「——欸，鈴葉，妳覺得這種情況我還能去嗎？」

「啊……」

見到我一邊嘆息一邊環視辦公室裡的文件山，即使是不怎麼過來的鈴葉似乎也發現了。

與我一起處理文件的綾野沒有停下手中的工作，只是對著鈴葉微微一笑。那個笑容非常可怕。

彷彿散發著「妳有辦法就帶他去啊」的氛圍。

但是鈴葉沒有因此氣餒。

就像是被王國最高階貴族的直系長女威脅「絕對、絕對要成功邀請他……妳知道失敗會有什麼下場吧」一樣。

「可、可是哥哥，放鬆也是很重要的喔！沒錯，我們可以帶上綾野、奏，還有嗚妞子，大家一起去增進感情吧！」

「就說沒辦法啦。而且城裡還有俘虜，也不知道比較性急的賓客何時會到。怎麼能夠所有人都出去玩呢？」

「正是如此——要是能有類似閣下的妹妹這樣的人稍微幫忙處理這堆文件山，我們也能輕鬆一些吧？」

「真的非常抱歉。」

鈴葉立刻老實投降了。

此外先不管樑小姐，我覺得橙子小姐應該有能力幫忙處理文件，不過就算我們關係再怎麼要好，也不能讓女王大人做這種事。

話說我實在開不了口拜託她。

「所以我不能去。我們得在綾野放假前想辦法把這些事情處理完畢。」

「咦？綾野要休假嗎？」

這麼說來我是否還沒通知鈴葉呢？

「對啊。他有很重要的事要處理，剛好會錯過簽約儀式。對吧，綾野？」

「真的非常抱歉。閣下。」

「沒關係的。況且要不是有所隱情，像你這麼優秀的人才也不可能來我們這裡工作。應該和威恩塔斯公國的高層來訪有關吧？」

「……閣下真是一語中的，感謝你能理解。」

我並不打算深究他的私事，但是我猜想前來參加簽約儀式的人當中，肯定有綾野絕對不想見到的威恩塔斯公國高層。

或者綾野本身就是高層之一……怎麼可能會有這種事。

不過即使真是那樣也不奇怪，綾野的工作表現就是如此優秀。我可不能在這時多嘴，否則可能會失去這個人才。

主要是我不想再被文件淹沒了。

「對了，閣下——威恩塔斯公國女大公的長相和我非常像，還請你不要太過在意。」

「是這樣嗎？綾野臨時有事該不會和這點有關？」

「……我沒辦法解釋太多。」

「好的——」

綾野將在幾天後返回故鄉威恩塔斯公國。

所以我決定加班，儘量在他離開之前完成更多工作。

4（橙子的視點）

深夜。鈴葉面對坐在床上的楪和橙子，深深低下了頭。

「真的非常抱歉……！邀請哥哥失敗了……！」

「……遇到這種情況也沒辦法。不過沒能穿上難得準備的新泳裝給鈴葉的兄長看，真是太令人遺憾了……！」

「現在鈴葉兄有那麼多工作要處理，當然沒辦法出去玩。」

相對於楪打從心底感到遺憾，垂頭喪氣的模樣，橙子只能苦笑。

橙子自然也深感遺憾，畢竟她好不容易克服羞恥心，特意選了布料的面積削減到極致的黑色比基尼。

不過至少不用在鈴葉兄面前展示自己過於豐滿的身體，多少還是鬆了口氣。冷靜下來思考，這樣實在太令人害羞了。

如果櫟和鈴葉挑起競爭，橙子當然不可能不參與。但若不是這樣的話，即便他是橙子的救命恩人——不如說正因為是橙子的救命恩人，那麼做可能會害羞到臉上快要冒火。畢竟性格就是如此。

「不過就結果來看，好像是我把工作推給他的。」

「正是，橙子。都是妳的錯。」

「哎呀，我其實別有企圖，原本打算在鈴葉兄感到困擾時帥氣登場，然後手把手教他做事，利用這個機會讓他崇拜我——」

「妳現在馬上跪到鈴葉的兄長面前道歉。跪一輩子。」

「這也未免太久了吧！」

話雖如此，關於簽約儀式的準備工作也有不少收穫。

最大的收穫便是確認鈴葉兄在和平時期擔任邊境伯爵這個職位也非常出色，對待工作的態度十分認真。

雖然之前硬是把鈴葉兄推上邊境伯爵這個位置。

但是確認自己的選擇沒有錯之後，橙子真的鬆了一口氣。

「我其實很想幫哥哥的忙，但是我……！」

「沒辦法吧。鈴葉兄的工作很有難度喔？鈴葉完全沒有學習文官該有的知識，只會妨礙他而已。」

「正是如此。哎呀，我也想幫忙，但是從小到大只專注在軍務上。」

「櫟好歹是公爵千金，應該能幫上忙吧……？」

橙子瞇起眼睛瞪著櫟，然而這當然不是真心話。

況且橙子很清楚櫟擁有擔任下任公爵家家主的能力，也有足夠的智慧在政治方面做出適當的判斷。

只不過文書工作和她的個性實在太合不來了。

橙子聳了聳肩說道：

「不管怎麼樣，只得先把泳裝的事擱置了。依照鈴葉兄的個性，這時硬是邀他去玩只會惹他生氣。」

「也只能這樣了……可是真的好可惜。要是能讓鈴葉的兄長在湖邊幫我的背擦防曬油，說不定會因此一時手滑揉了我的胸部，然後見到他滿臉通紅的慌張模樣呢。」

「這是什麼妄想啊？還有除了抹防曬油之外，都和哥哥平時的按摩一樣吧？」

「呵，我看鈴葉真的不懂呢。」

「什麼意思？」

「我雖然不能像鈴葉的兄長那樣替他按摩，不過還是能做到幫他抹防曬油這種事。也就是說我們可以藉由幫對方塗抹防曬油親密接觸……！」

「原、原來如此……！真不愧是學生會會長！」

「對吧對吧。」

橙子一面聽著這兩人說傻話，一面想起這兩人的身分仍是女騎士學園的學生。

鈴葉和楪現在被王立最強女騎士學園視為休學。

考量到目前的國防需要，與威恩塔斯公國之間的國境防線實際上只能仰賴王國最強的戰力，也就是鈴葉兄、楪，還有鈴葉——把其中兩人調回王都這種想法，坦白說是絕對不可能實現的事。

王國方面確實計劃將來在這裡建立王立最強女騎士學園的分校，並且持續培育精銳女騎士，不過這還是很久以後才會實行的事。

正當橙子思索著下一步該怎麼走時，女僕奏和神祕幼女不知何時也進入房間，和大家討論起哪種泳裝更加性感。

「——我想對哥哥來說，遮掩面積少的比基尼應該是最性感的吧？」

「鈴葉的兄長屬於比較內向的那種人。我想連身泳裝意外地會讓那種人有更好的反應。奏覺得呢？」

「……比起泳裝本身，更重要的是反差感。所以相對於每天露出自己的肌膚讓主人按摩，每天穿著女僕裝嚴守自己的身體更有優勢。具體來說，就是穿上泳裝時讓人覺得很新鮮感的反差萌。」

「嗚妞——」

……橙子在心裡做出結論，總之先這樣吧。

等到簽約儀式結束，大家再次邀請鈴葉的兄長去游泳時，肯定又會多一件新泳裝。

其中當然也包括自己。

5（威恩塔斯女大公的視點）

離開羅安格林邊境伯爵的城堡過了幾天。

綾野利用偽造的身分證通過國境，走進眼前這座小城寨的門之後，裡面的使節團成員便一齊低下頭。

她呼了一口氣，邊脫下外套邊問：

「大臣過得如何？我不在的時候還好吧？」

「感謝您的關心，還算撐得下去……喔？大公殿下，短短一段時間不見，您的胸部似乎更加平坦了？」

「我綁了纏胸布！」

綾野憤怒表示「貧乳錯了嗎？」氣憤不已。然而她的胸部實際上相當——不，只是稍微低於平均值。

不過由於前陣子一直待在羅安格林邊境伯爵的城裡，不禁心生嫉妒也是情有可原。

畢竟那裡除了綾野以外的女性胸圍平均數字，甚至輕鬆超越傳說中的魅魔女王。

綾野發現他們身後的隨行人員忍笑說道：「有、如有大草原的貧乳……噗噗……！」便惡狠狠地瞪著他，隨後外務大臣輕咳一聲，這才讓她回過神來。

沒錯。她沒有多餘的時間能夠浪費。

「大臣，請告訴我國內的現狀。」

「自從威恩塔斯公國同意簽署停戰協議並且撤離戰線，大公殿下獨自潛入羅安格林邊境伯爵領……之後便沒有什麼特別的變化喔。不過有人呼籲即使再怎麼勉強也要攻打羅安格林邊境伯爵領，這種呼聲在貴族之間變得愈來愈高了。」

「那也是無可奈何的事。但是只要等到簽約儀式結束，被俘的指揮官們回來之後，貴族的輿論應該會瞬間倒向另一方。」

「喔？這是為什麼呢？」

「因為那些被俘的貴族再也派不上用場了。」

綾野長嘆一口氣：

「橙子女王的策略實在可怕，甚至讓我感到佩服了。」

「他、他們究竟做了什麼……該、該不會所有被俘的貴族重要的東西全被割掉了吧！」

「怎麼可能……不，從別的角度來看，這種說法確實沒錯。他們的所作所為，就結果來說等於毀掉那些貴族精神層面最重要的事物。」

「他、他們到底做了什麼？」

「很簡單。他們每天都讓那些貴族觀看羅安格林邊境伯爵和殺戮女戰神，以及邊境伯爵的妹妹一起訓練的模樣。」

「……什麼？」

外務大臣聞言露出瞠目結舌的表情。

一眼就能看出心中「這個愚蠢的大公到底在說些什麼」的想法。

當然了，外務大臣負責如此重要的職位，不被他人看穿內心的想法是非常重要的，不過他會如此明顯地表達出此刻心中的波動，有很大的原因是他與綾野熟識已久，而且現在在場的只有自己人。

「訓練給我們的人看……羅安格林邊境伯爵該不會是在向我們展現他的實力吧？如果真是這樣，我們不是反而應該感謝他嗎……？」

「事情絕對不是你想像的那麼簡單。」

「我真的不明白您在說什麼……？」

綾野也了解這是很正常的事。

她相信就算是自己，若沒有在工作空檔過去現場瞄一眼，也不可能會理解。

事實上只要看過一眼，就會知道其實這一切都很好懂。

「只要你看過就知道了。他們是在全力讓我們的人理解……我們之前惹到了一個絕對不能招惹的對象……」

「喔……？」

「我現在懂了他有實力殲滅數十萬隻受過鍛鍊的變種巨魔……不，他所展現出來的一切讓我相信他比之前更加厲害。那根本是美名為極端訓練的暴力——！光是劍壓就能把不小心靠近的人劈成兩半吧，隨手使出的攻擊都帶有足以摧毀城牆的駭人力量——！」

「…………」

「他的攻擊能力和防禦能力都太過可怕……即使保守估計，也比我們的軍隊強上百萬倍吧？他就是每天將這種實力差距深深地烙印在那些貴族的靈魂裡，他們當然會出自本能澈底屈服於他。」

「……不管再厲害……百萬倍也太誇張了吧……？」

「那就一萬倍？或者十萬倍？我們根本無法衡量他們到底有多強。因為在地上爬的螞蟻無法估量天空翱翔的龍有多少實力——所以或許實力的差距可能不到百萬倍，但也有可能超過這個數字。」

「……這還真是一大麻煩……」

「沒錯。」

外務大臣聽聞綾野的描述，擔心的事並非羅安格林邊境伯爵驚人的實力。

而是在將來對上他之前就會遭遇的問題。

要是那些澈底失去霸氣的家主與繼承人回來之後，主張不可攻擊羅安格林邊境伯爵領的話，肯定會在國內引起紛爭。

因為留在國內的人們無法理解那個人擁有的駭人實力。

「希望不會發生叛亂或內戰……」

「是啊。」

綾野雖然出聲應和，心裡卻想著這下恐怕在所難免。

「……不管怎麼樣，幸好我成功潛入羅安格林邊境伯爵領。說真的，若是我們疏於收集情報，我國也可能面臨極大的危機。」

綾野繼續說道：

「在接下來的幾年裡，大陸各勢力的版圖將會發生劇變。」

「您的意思是？」

「挑釁羅安格林邊境伯爵的國家將會消失。」

「……竟然……」

曾經就近觀察的綾野十分清楚。

無論如何都絕對不可以和那個男人為敵。

反過來說，只要不與他為敵，他就是既善良又無害。

畢竟他的性格有如普通平民。

就算橙子女王唆使他出手，若沒有主動挑釁的話，他也不可能照著女王說的話去做。因此例如可以這麼做——

「我們應該把部署在羅安格林邊境伯爵領與我們國界上的士兵全部撤回來。」

「這是……相當大膽的舉措啊……」

「但這卻是很合理的做法。我想他即使見到我們毫無防備，也不會對我們發起戰爭，如果真的爆發戰爭，我們就算有一百萬名士兵也沒用。既然國界上不管有沒有設防都沒有區別，讓士兵留下只是單純的浪費。」

「真是不敢相信……羅安格林邊境伯爵居然強到這種地步，難道他和他的夥伴就沒有弱點嗎？」

只會哀嘆是沒有用的。

綾野聽聞外務大臣提出在其位者該有的問題，於是輕輕點頭。

「他確實有弱點。」

「那是……？」

「羅安格林邊境伯爵還是單身。這就是我的目標。」

「嗯？」

外務大臣思考片刻，這才拍手說道：

「也就是說大公殿下要與羅安格林邊境伯爵結婚吧。」

「才才才才不是！我的意思是既然我們無法打敗他，只要能讓他去其他領地，對於威恩塔斯公國來說就不成問題了——！」

「哎呀，您這麼說我就明白了。要不然想辦法讓羅安格林邊境伯爵成為大公殿下的伴侶，或者乾脆把大公的地位讓給他也行吧？羅安格林邊境伯爵出身平民，應該會很受民眾歡迎，況且能在戰爭當中發揮無敵的實力。」

「我、我是絕對不可能和他結婚的！」

「為什麼呢？」

「大臣有所不知，羅安格林邊境伯爵身邊有橙子女王、殺戮女戰神，還有他的妹妹鈴葉小姐，全都是美貌程度遠超精靈的超級美少女，身材更猶如女神一般出眾，這幾個女人全都虎視眈眈緊盯新娘的位置！」

「原來如此。您是對自己的身材感到自卑吧。」

「才不是！」

「還請放心。那個國家的王室成無法與平民結婚，即使他現在是邊境伯爵，原先的平民身分應該還是會引發強烈的反對聲浪。況且也沒辦法和妹妹結婚。」

「一般來說是這樣沒錯……！」

綾野總覺得無論橙子女王還是鈴葉都懷著什麼驚天祕策，老實說她很害怕。

好吧，這點暫且不提。

「但是依照大公殿下的說法，除了讓您和羅安格林邊境伯爵結婚以外，我們也沒有其他選擇了吧……？」

「請不要說這種話……！」

綾野自己也有身為出色政治家的自負。

當她冷靜俯瞰全局，也能理解這確實是唯一的活路。

「還是說大公殿下有這麼討厭羅安格林邊境伯爵？」

「不……我反倒覺得他這個人讓我很有好感。他不像其他貴族那樣傲慢，工作認真能力優秀，親手做的料理也很好吃……」

「既然這樣就沒問題了。在被其他人搶走之前，我們先在簽約儀式上試探一下吧。」

「……這個嘛……」

綾野在城寨裡與替身交換，以大公的身分出發前往簽署停戰協議的儀式。

屆時自己待在試探情況的外務大臣身旁，該擺出什麼樣的表情才好呢？

橙子女王姑且不論，鈴葉和楪又會用什麼表情看著自己呢——

一想到這裡，綾野就覺得心情變得沉重。

6

隨著簽署停戰協議的儀式的日子接近，橙子小姐帶來的人也變得愈發忙碌。

於是就在某一天，亞馬遜人的兩位客人抵達了。

來者正是之前曾在巨魔大樹海與我們一同行動的總軍團長雙胞胎。

這兩位在王國邀請的客人當中，最先到達簽約儀式現場。

她們的名字是花音小姐和紫音小姐。其實我分不清誰是誰，這是我的祕密。

當我和楪小姐還有橙子小姐去迎接她們時，兩位亞馬遜人一見到我便立刻很有禮貌地低頭說道：

「大哥，恭喜你成為邊境伯爵，我們真心為你感到高興。」

「不過邊境伯爵的地位實在配不上大哥，這一點無庸置疑。」

「所以我們有一個想法。」

「只要大哥允許，我們立即向這邊的橙子女王發起決鬥，光明正大打倒她之後奪取多洛賽魯麥爾王國。接著將大哥奉為至高無上的國王，建立我們亞馬遜人的千年王國。這不正是王道同時也是霸道嗎？」

「「如何？」」

「不不不，不要問我這種問題啦！」

雖然有一段時間沒見面，但是她們的玩笑話卻升級了許多。

怎麼可以在現任女王面前談論決鬥或篡位的話題呢？就算只是開玩笑也絕對不行。一旦有什麼萬一我就會變成叛徒了。

橙子小姐雖然表情有點僵硬，依然保持笑容，所以我想應該沒什麼問題。

「非常抱歉，橙子小姐。我真的不知道該說什麼才好……」

「沒、沒關係喔。這就代表鈴葉兄和亞馬遜族領袖關係好到能開這種危險的玩笑，這也能成為我們應對諸國的重要王牌喔！」

「「我們沒有在開玩笑啊……？」」

「對、對了，妳們今天的比基尼鎧甲是純白色的呢！真的很適合妳們！」

在她們說出更多不必要的發言之前，我趕緊讚美她們的比基尼鎧甲轉移話題。畢竟比基尼鎧甲是亞馬遜人的象徵嘛。

而且以前在巨魔大樹海認識她們時，身上穿著的是紅色比基尼鎧甲，我還是第一次見到白色的。

於是兩位亞馬遜人便「欸嘿嘿……」露出滿面的笑容。

「適合我們嗎……？因為聽說是慶祝大哥就任邊境伯爵的紀念典禮，我們特地做了這套白色比基尼鎧甲前來慶賀。」

「不不不！這次舉辦的是簽署停戰協議的儀式，並非我成為邊境伯爵的紀念典禮！」

「可是大哥，慶祝大哥的喜事，應該比和那個不懂禮儀的野蠻國家簽訂什麼停戰協議還要重要吧？」

「停戰協議比較重要！」

「好吧，總之那方面也交給我們吧。要是有哪個愚蠢的國家膽敢撕毀與大哥簽下的協議的話——」

「——我們亞馬遜人將會傾盡全力追殺他們到天涯海角，並且讓他們在地獄裡深深後悔背叛大哥。」

「太沉重了！這種說法太沉重了！」

我們只不過是在巨魔大樹海一起打倒變種巨魔的戰友，這兩位亞馬遜人居然會一臉正經地對我開這種玩笑。

如此平易近人卻被稱為「厭惡男人的亞馬遜族」世人的想法真是難以理解。

「哈哈……亞馬遜人與傳聞的不一樣，其實很容易親近呢。對吧，樑小姐？」

「我覺得真正令人感到驚訝的人是你才對。居然能讓傲慢的亞馬遜人對你如此著迷。是吧，橙子？」

「就是說啊——要是其他男人像鈴葉兄剛才那樣隨便吐槽，應該只會挨揍吧。話說普通人要是讓亞馬遜人揍上一拳，肯定會當場喪命。」

「咦？咦？」

看來世人看待亞馬遜人的態度也完全不同。我真心不明白。

＊

當我在會客室喝著茶，陪著橙子小姐和亞馬遜的兩位交談時，其中一位亞馬遜小姐突然提道：

「對了，能否請大哥久違地與我們切磋一下呢？」

「我們亞馬遜人自從在巨魔大樹海重新認識大哥的偉大之後，便更加努力地鍛鍊自己，只為了將來多少能幫上你的忙。」

「我們希望大哥可以見證我們的成果。」

儘管她們這番話說得太過誇張，但是我對切磋本身並不排斥。

「可以啊。那麼現在——」

「啊——停一下！先聽我說幾句！」

正當我們準備起身時，遭到橙子小姐制止。

兩位亞馬遜小姐毫不掩飾地瞪視橙子小姐。

「怎麼？妳這個不知死活的傢伙，竟然敢阻饒我們和大哥切磋。」

「乾脆先用妳的血來祭天好了。」

「吵死了——你們要切磋當然可以，可是能不能等到簽約儀式那天？」

「為什麼？」

「當然是為了提高鈴葉兄的聲望嘍。」

「「說得具體一點。」」

於是根據橙子小姐的說法，簡單來說就是希望我和亞馬遜人在簽約儀式後的派對上再交手，當成是一場表演節目。

一提到亞馬遜族，大家都知道是聲名遠播整個大陸的武者集團。

要是能讓與會者見識到我和亞馬遜族頂尖的兩人交手，便能大大宣揚我的強大。這似乎就是橙子小姐的意思。

「不不不，我還完全不行啦。」

「鈴葉兄先不要插話——總之就是這樣，妳們覺得呢？既然要切磋的話，乾脆在各國的重要人物面前進行吧？我可以提供獎勵喔。」

「……這個提議或許不錯。雖然世人怎麼看待我們亞馬遜人都無所謂，但是只要有助於提升大哥的名聲，對我們來說就是至高的榮幸。」

「呵呵……這樣也能向整個大陸宣揚我們亞馬遜人和大哥的關係有多親密嗎……」

「還能展現大哥的實力，以及唯有我們亞馬遜人才配得上大哥……好啊，那就這麼決定了。」

「謝謝。妳們能這麼快理解真是太好了。」

就是這樣。

在我還搞不清楚狀況之前，我和兩位亞馬遜小姐的比試就被定在簽約儀式後的派對。

7

在我們談話的途中，我突然想起某件事，於是請在一旁待命的女僕奏幫個忙。

「對了，奏可以幫我把山銅拿來嗎？我想當成紀念品送給她們。」

「「噗——！」」

「啊——我本來就覺得你有可能會這麼做，但沒想到你真的說出口了。真不曉得該不該稱讚你大方……」

「這確實是鈴葉兄的作風呢——」

兩位亞馬遜小姐不知道為什麼突然把茶水噴了出來，楪小姐和橙子小姐則是露出半是驚訝半是欽佩的表情。

只有奏莫名將手伸進女僕裝的胸口找了一下——

「我早就預料到會有這種情況，所以準備好了。請。」

「真是準備周到——呃，妳把山銅收在哪裡啊！」

「溝裡。」

我實在問不出口是哪個溝裡。

我用袖口擦拭兩塊拳頭大小的山銅，以彷彿什麼事都沒發生的模樣各給了兩位亞馬遜小姐一塊，「哇啊……！」她們便讚嘆出聲，兩眼發光看著手中的山銅，時而把它迎光確認，時而握在手中磨擦。

過了一會兒，兩位亞馬遜小姐這才意識到自己的樣子像個得到寶物的小孩，於是清了清喉嚨說道：

「「我們不能收下這麼貴重的東西。」」

「沒關係沒關係，別這麼客氣，請妳們一定要收下。我這裡有很多這種礦石。對吧，楪小姐？」

「是啊……雖然實在令人難以置信，但是羅安格林邊境伯爵確實有山銅的碎礦……正常

情況下，不管山銅的碎礦大小，都是理應被視為國寶級的珍品……」

就在楪小姐誇張地為兩位客人說明時，橙子小姐也點頭說道：

「話說依照我對鈴葉兄的認識來看，你應該打算送給每位受邀的客人一塊吧？」

「是的。這片領地上沒有什麼可以讓他們開心的禮物或美味的食物，只有這些碎礦拿得出手了。山銅似乎是稀有的東西，所以我覺得很適合用來送人。」

「就是這麼回事，所以妳們不用太在意，收下吧？」

聽聞這番話後，兩位亞馬遜小姐都對我深深表達謝意。

據說山銅是傳說中的夢幻金屬，所以即使是一小塊礦石也非常珍貴，因此她們非常感激能得到這個禮物。

看到她們這麼高興，我想這個東西應該很適合當作禮物，送給那些特地來到這種邊境地帶的客人。

當我向身邊的人尋求意見時，橙子小姐對我點頭說句「你覺得可以就行」之後——

「我都特地向各國發出邀請了，可以想像那幾個愚蠢國家的決策者錯過這個機會而悔恨無比的模樣……呵呵呵……」

如此說道的她露出十分邪惡的笑容。

＊

那天夜裡，我在睡前叫來女僕奏，發現她沒有穿著女塗裝，而是睡袍。

這可能是我第一次看到她穿女僕裝以外的衣服。

「抱歉，睡前還把妳叫來。」

「沒關係。要我陪睡嗎？」

「不是。」

「啐。」

雖然不曉得奏在期待什麼讓我有點不安，但是現在的重點不是這個。

「奏也知道這裡之後會舉辦簽署停戰協議的儀式吧。」

「嗯。」

「或許某些國家會派遣間諜或暗殺者趁機混進受邀的賓客裡。」

「嗯。」

「奏是個非常優秀的女僕，所以要是這座城堡裡有可能用來潛入的地方，或是容易隱匿的地方，或者發現什麼需要注意的事，希望妳能告訴我。」

畢竟我們當初在計劃奪回羅安格林邊境伯爵領時，奏曾經為我們提供各個城市司令部天

花板夾層的情報。

也就是說從間諜的角度來看，她在提供天花板夾層的情報方面擁有相當出色的實績。而且奏是我家的女僕，代表她每天都在清潔這座城堡的每個角落

因此我才會靈機一動，認為如果是由奏來指導，應該能夠完善應對間諜的措施。

聽到我談起這個話題，奏的表情頓時亮了起來。

「主人——這是在依靠奏嗎？」

「當然啦。妳一直都很可靠，特別是這次。畢竟這是奏擅長的領域，所以——」

「交給奏吧——」

「咦？」

「清掃城堡是奏的工作。奏會賭上身為主人的女僕的榮譽，完美地把城堡清掃乾淨。所以請主人放一百個心，全部交給奏就好。」

「嗯。妳的心意確實很令人感激，不過清掃和天花板夾層的情報無關——」

「交給奏吧——」

「……好。」

奏拍了拍豐滿的胸部，用拇指指著自己，展現出希望我全權交給她處理的態度。

可能是因為她身為女僕，總是忍不住對屋簷下或清掃這些詞彙做出反應吧。

其實我只是想請她多告訴我一些死角或能夠藏身的地方，讓我當作安排警備的參考資料而已。

「所以奏的意思是妳會封鎖那些可能遭人潛入的地方嗎？」

「這個部分會處理，除此之外的也會處理。能幹的女僕很忙碌的。」

「這樣啊，謝謝妳。不過要是妳忙不過來或是覺得有困難的話，要立刻告訴我喔？」

「交給奏吧——」

雖然不太明白怎麼回事，但是看到她這麼有幹勁，就不忍心壞了她的興致。

等到儀式順利結束後，考慮給她特別獎勵吧。

8

到了簽約儀式當天。

橙子小姐似乎真的向整個大陸的各方勢力都發出邀請函，各國賓客紛紛前來。

我也不得不陪著橙子小姐四處問候，而這些來客的樣貌風情各異，令人眼花繚亂。

「橙子小姐，可以問個問題嗎？」

「嗯——怎麼樣？」

在簽約儀式即將開始前，趁著會場上接連不斷的問候行程間的些微空檔，我向橙子小姐提出我的疑問。

「各國賓客的身分地位是不是有很大的差異？」

「嗯——是嗎？」

「是啊。大部分的國家都很普通地派來外交官，但是也有一些由王室成員或皇太子出席，另外也有很多國家的來客地位雖然沒那麼高，至少也是大臣那種等級的人吧？」

「嗯嗯。」

「但也有些國家完全相反，雖然來者自稱外交官，卻只是禮貌性地叫個小人物過來，甚至有些國家明顯是來調查我國內情……橙子小姐，妳的邀請函上到底寫了什麼啊？」

「嗯呵呵——真不愧是鈴葉兄，觀察得很仔細呢。」

聽到我的疑問，橙子小姐露出非常滿足的笑容，彷彿即將揭曉自己的惡作劇。

「這就是這次計畫的重點。」

「……什麼？」

「我發出的邀請函是用特別的措辭寫成，適用於任何身分地位的人。我真正的目的，就是想仔細觀察來者究竟是些什麼人，還有哪些國家缺席。我為了想出完美的措辭可是費盡苦心喔。」

「喔——」

「決定在鈴葉兄的城堡舉辦簽約儀式也是如此。雖然我找了很多藉口，但如果只是想告知各國我們獲得實質的戰爭勝利，或者只想展現我國的鈴葉兄，那選在我的城堡舉辦就行了吧？畢竟辦在那裡的話更容易聚集眾人，況且威恩塔斯公國也沒有能力拒絕。」

「我不明白為什麼想宣揚我的存在……那麼為什麼要特地選在這座城堡呢？」

「鑑別。我想做的就是鑑別。」

「……鑑別嗎？」

「沒錯！鈴葉兄是當代的關鍵人物，當能夠見到你的絕佳機會擺在眼前時，他們會多麼積極行動？那些國家會派來什麼樣的人？那些人能分析大陸的情勢到什麼程度，以及是否能夠收集正確的情報？只要分析參加這場簽約儀式的人，一切都能一目了然！」

「……喔，這樣啊。」

橙子小姐的想法太過宏大，我只知道自己無法理解。

然而她見到我一臉困惑，似乎也察覺到這點。

「這種比較細微的事，對鈴葉兄來說是否有點難以理解？」

「是啊。平民不會去想那麼繁瑣的事。」

「——那就別提這個了。我有件事要向鈴葉兄道歉。」

「什麼事？」

「壽司啊，壽司。」

「啊——」

當初橙子小姐是用「壽司吃到飽」這個條件欺騙我，迫使我成為羅安格林邊境伯爵。

而我至今仍未體驗壽司吃到飽。

被迫成為貴族，還要處理一堆麻煩的工作，更沒有壽司能吃，真是三重打擊。

橙子小姐似乎也非常明白這個情況，她擺出膜拜一般的姿勢雙手合十向我道歉。

「哎呀，真的很抱歉！我已經有在安排了，可是挑選師傅真的需要一些時間！」

「啊——這裡確實太偏遠了……不過這裡的水和米也因此都很美味。所以我想至少能找到一個願意過來這裡的師傅吧？」

「……這個嘛……其實應該有師傅願意過來，但是我擔心鈴葉兄很可能和對方太過投緣，反而會有些危險……」

「咦？」

「沒事，當我沒說。」

我沒有聽清楚橙子小姐說了什麼，看起來有很多複雜的內情。

「那就沒辦法嘍。我會耐心等待的。」

「真的很抱歉！為了補償你，今天簽約儀式結束後的派對上，我已經讓王都的人備妥好吃的壽司！等鈴葉兄與櫟她們切磋完畢之後，我們兩個再一起去吃壽司吧！」

沒錯。

原先預定和兩位亞馬遜小姐切磋的行程，到了最後加上鈴葉和櫟小姐。

將由包含我在內的五個人一起來場大混戰。

「然後我想請鈴葉兄注意一件事，或者該說是請求。我希望你完美擊潰她們四個人，澈底展現你的實力。」

「……什麼意思？」

「你想想看，這次的停戰協議是鈴葉兄從威恩塔斯公國手中贏來的，而且簽約儀式也在你的城堡裡舉辦。換句話說，鈴葉兄是今天的主角。」

「我還是第一次聽說這件事……？」

「即使從來沒聽說，這點無疑也是事實。這個主角要表演和亞馬遜人以及櫟她們交手，當然意味著大獲全勝，藉此宣揚新的邊境伯爵有多麼強大。其他人自然也都知道這點！」

「照理來說確實是這樣……」

「所以呢，今天的模擬戰鬥不要像往常那樣手下留情。你可以澈底打敗她們，只要不危

及性命就行了。我也為此準備了治療團隊，所以不用擔心！」

雖然不太想依照橙子小姐所說，在眾目睽睽之下痛毆女孩子，但是可以理解她的意思。

鈴葉也就罷了，無論是亞馬遜族還是楪小姐，都是聞名整個大陸的武術高手。

橙子小姐的目的大概是利用這點提升我的知名度，藉此為了今後的治世提供助益。

「好吧，既然大家都知道了……」

「放心，這個部分完全沒問題！」

「我明白了——既然如此，我會儘量認真地假裝打倒楪小姐她們！」

「……我猜你的想法不知又偏離到什麼奇怪的地方，然後得出某種莫名奇妙的結論了。你只要普普通通取勝就行，懂了嗎？」

既然大家都已經知道，就代表已經事先商量妥當，但是我們要盡可能展現出認真交手的模樣。

就算我的實力再厲害，只要亞馬遜的兩位小姐和楪小姐認真起來，我這種外行人根本不可能有任何勝算。

9（橙子的視點）

簽署停戰協議的儀式順利結束，幕後工作人員正忙著準備派對。

至於鈴葉兄將與兩名亞馬遜軍團長，以及楪與鈴葉等人切磋，作為派對開始之前的暖場活動。

這場切磋是以大混戰的方式進行。

原本的規則應該是最後留在場上的人為勝者，但是他們實力差距太大，於是不可避免地變成一對四的形式。

現在四人團住鈴葉兄，對他採取同時或是時間差的方式發動攻擊。

「……話說大家是否打得太認真了？」

橙子坐在最前排的特別座上以受不了的模樣看著戰鬥時，坐在一旁的威恩塔斯女大公綾野向她搭話。

「我想這就代表大家心中都有不願退讓的意志吧。」

「嗯——或許是吧……對了，這次真的很抱歉。為了我國的內情，特地讓妳跑到這種邊境參加簽約儀式。」

「不會。畢竟我們是戰敗的一方，而且還得帶俘虜回去，跑這一趟也是理所當然。」

「話雖如此，但是我完全沒想到綾野大公會親自參加簽約儀式喔？」

「我當然要來。雖然這次是我國輸了，但我不覺得自己判斷局勢的直覺變得遲鈍喔？這可是多洛賽魯麥爾王國的祕密武器在國際舞台亮相的場合呢。」

「綾野大公能看出這場儀式的重要性確實很正常——話說有好幾個收到邀請函的國家愚蠢到連外交官都沒派，甚至連封拒絕參加的信都沒回！」

「那可能是他們在外交方面沒有絲毫敏銳度，或是收集情報的能力差勁透頂……不過我也沒有資格批評他們就是。」

輕視鈴葉的兄長之後慘遭嚴厲的報復——至少在受害者名單上，威恩塔斯女大公絕對是王國以外的第一人。

聽到綾野充滿痛切體會的感嘆，就連橙子也露出僵硬的表情。

「對了，聽說這場大混戰有獎賞吧？」

「咦？我怎麼不知道？」

「在他們開始交手之前，碰巧聽到兩位亞馬遜人和殺戮女戰神的對話——據說從羅安格林邊境伯爵手中贏下一招的人，可以獲得他的祝福之吻。」

「是這樣嗎————！」

橙子終於明白大家為何如此拚命了。

也就是說她們會在這場比試當中如此全力以赴，都是為了得到鈴葉兄長的祝福之吻。

見到橙子慌張的模樣，綾野不解地問道：

「怎麼了嗎？我聽說這個『獎賞』是橙子女王提出來的。」

「真有那種獎賞的話我也想要啊！不對，我確實提過要是他們能在簽約儀式當天在大家面前交手，就提供獎賞給他們！但是可沒有說過獎賞是鈴葉兄的吻！」

「那麼真正的獎賞是什麼？」

「這個……我確實還沒決定……！」

「那麼或許是她們幾個在熱烈討論時，不知不覺認為那是獎賞了吧。我想沒有在一開始明確決定獎賞的橙子女王也有責任。」

「嗚嗚嗚……怎麼會有這種蠢事……」

橙子抱頭苦惱該如何向鈴葉兄道歉。

鈴葉兄沒什麼複雜的心思，甚至感覺只要對他說「祝福之吻是附帶給贏家的」這種話就很容易說服他。但是──！

綾野見到橙子糾結的模樣，再次納悶問道：

「橙子女王到底在擔心什麼呢？」

「我當然擔心啊！要是她們有人突然以理所當然的態度向鈴葉兄索吻，還說是我給的獎勵的話，這下子可會引發大問題！」

「我不是指這個——我的意思是難道妳擔心羅安格林邊境伯爵被她們四個之一拿下一招半式嗎？」

「啊……！」

橙子慌張過頭所以忘了。

話說回來，今天——

「我好像有請鈴葉兄把她們四個痛揍一頓。」

「……原來妳下達了這麼狠的指示啊。我真的嚇到了。」

「這是誤會！我只是想讓大家見識鈴葉兄的實力，不得已才這麼做！」

「順便問一下，妳在事前有給兩位亞馬遜人任何指示嗎？」

「唔喵。那方面完全沒有。」

「既然如此，羅安格林邊境伯爵無疑會拿下完全勝利吧。我想只要靜靜觀戰就好。」

「聽妳這麼一說，確實是這樣沒錯……」

10（樸的視點）

楪其實認為她們還是有一線希望。

畢竟是四對一。

況且她們這邊有楪、鈴葉，還有亞馬遜軍團頂尖的兩人。

或許這個小隊已經聚集了這個大陸實力第二到第五高強之人。

如此的全明星陣容，現在為了同一個目的，捨棄自己的私欲攜手合作。

明明已經做到這個地步——！

「為什麼連一下都打不中啊——！」

楪放聲大喊，同時從鈴葉的兄長右斜前方四十五度舉劍揮下。

這當然只是假動作。

真正的攻擊來自背後的兩位亞馬遜人一上一下全力橫斬……

然而這是她們想帶給鈴葉的兄長的假象。其實真正的殺招是鈴葉使出一記後空翻，自十公尺的空中揮下的全力短劍突刺。

即使是最頂尖的騎士也絕對無法迴避任何一擊，招招致命。

倘若楪面對這一連串攻擊，肯定會就此倒地，可謂是有如地獄的連擊。然而——

「唔——！」

楪的斬擊被鈴葉的兄長以右手輕易擋下。

接著亞馬遜人的攻擊也被雙腳抵擋，鈴葉的刺擊則是被他的左手接住。

簡直就像在表示既然有四隻手腳，便足以抵擋四個人的攻擊

下個瞬間，他以驚人力道朝來襲的反方向加以回擊。

四人頓時都被打落在地。

「嗚嗚……你今天出手比往常凶狠太多了吧……！」

楪大致上也猜到了。

心想肯定是橙子那個笨蛋對鈴葉的兄長說了些多餘的話。

大概是要他今天不要手下留情，把四人澈底痛揍一頓之類的。

楪當然也理解橙子這麼做的道理。

鈴葉的兄長能與自己以及亞馬遜人等人以一敵四本身就已經超乎常理，但比起勉強抵抗，以壓倒性的實力擊潰四人確實更能突顯他的強大。

然而楪可以斷言橙子那個笨蛋肯定不懂。

——當她告知鈴葉的兄長「不要手下留情」時。

根本沒有意識到這句話會造成多麼慘烈的戰況——

「啊……！」

兩位亞馬遜人在楪的眼前展開行動。

她們被打倒在地的次數早已遠遠超過一百。

不論是體力還是精神都已遍體鱗傷。

她們四人打從一開始便聯手出擊，但是到了現在仍然無法擊中任何一下。

只靠兩人發動攻勢，成功的機會根本是萬分渺茫——

「原來如此，還有這種方式……！」

楪明白了。

認清自己到達極限的兩位亞馬遜人，使出了她們最後的攻擊。

當然了，她們也很清楚這次的攻擊不可能擊中鈴葉的兄長。

然而那並非她們真正的目的——！

透過施展開始交手以來最棒的一擊，展現自己鍛鍊的成果給鈴葉的兄長看，期望藉此讓他摸頭並得到「妳很棒」之類的稱讚，甚至更進一步獲得「妳很努力喔」的吻。兩位亞馬遜人早已不在乎橙子所說的獎勵，她們想靠自己的實力強行獲得期望的結果，這就是她們腦裡的想法——！

「楪小姐！」

「唔！」

楪轉頭望向呼喚自己的人，看到的是完全不理會兩位亞馬遜人的最後一擊，只是認真地

盯著自己的鈴葉。

鈴葉的眼神強烈訴說心中的想法。

——那種做法是可行的。

——我們要不要做一樣的事？

櫟自然擁有身為女騎士的自尊，更有被譽為殺戮女戰神的驕傲。所以答案只有一個。

「是啊，那當然——！」

她打算賭一把。

只要在最後展現兩人最棒的一擊，一定能讓他感到驚訝。

之後只要對他全力撒嬌，應該能讓他摸摸頭稱讚自己。

甚至勉強有一絲的可能性獲得他的吻——！

……於是兩位亞馬遜人以及櫟與鈴葉這兩對組合，各自使出最後的攻擊。

然而她們充滿欲望的攻擊當然對鈴葉的兄長完全不管用。

四人就像煙火一樣被高高地打到空中，這場切磋以鈴葉的兄長的完全勝利告終。

11

在那之後，款待各國賓客的派對也順利結束。

等到引導所有賓客回到客房之後，我終於鬆了一口氣。

我們原本打算在派對結束後辦一場只有自己人的小型慶功宴，但是兩位亞馬遜小姐、樑小姐，以及鈴葉可能是在切磋時賣力過頭，如今四個人都躺在醫務室裡。

畢竟大家在切磋時都展現出無比真實的演技，假裝被我打倒的模樣就連知情的我都相當訝異。希望能讓她們好好休息。

因此當派對會場整理完畢熄燈之後，最後由我獨自巡視時——

「啊，鈴葉兄，原來你在這裡。」

「橙子小姐？怎麼了嗎？」

「沒什麼，只是在找你而已。」

橙子小姐依然穿著派對禮服。

禮服的胸口敞開，大大方方展現那個超乎常理的美好身材，整個人美得宛如女神，看起來真的對心臟不太好。

橙子小姐朝我走來，禮服反射淡淡的星光，襯托得她有如走出童話故事的妖精。

「鈴葉兄，今天真的很謝謝你。」

「不不，不用謝。我才要謝謝橙子小姐幫忙，事情才能順利結束。」

「——事到如今我才說得出口，其實之前一直擔心自己的性命會不會和樑之前那樣被人盯上喔？」

「這方面我有確實安排對策，而且我家的女僕也非常有幹勁。」

「……女僕？」

「奏在工作方面很值得信賴喔。好像直到最後都沒有間諜或暗殺者那種人闖入。」

剛才向奏確認過了，沒有收到這類情況的報告。

奏非常優秀，再加上提前做好充分的應對措施，應該真的沒有間諜之類的人闖進來。

不過她倒是說過「我消滅了很多試圖闖進城堡的蟑螂。誇獎我」於是我摸了摸她的頭以示獎勵。

「話說如果橙子小姐真的遭受襲擊的話怎麼辦？」

「到時候鈴葉兄會救我吧？」

「……當然會救妳啊。」

「就連我被關在王城的時候，鈴葉兄也把我救了出來。在派對上拯救我的性命，對鈴葉兄來說應該輕輕鬆鬆吧？」

「總不可能每次都趕得上……」

「哈哈哈。如果遇上連你都沒辦法幫我的情況，那就是命中注定了。到時候我會老實放棄的。」

橙子嘻嘻笑了一下，望向我的眼睛。

那是非常認真的眼神。

她的眼神懷著某種決心，彷彿接下來就要對我說出一生僅有一次的告白。

「——鈴葉兄，我有件事一直、一直都非常想告訴你。」

「……什麼事？」

「我想撇開公主與女王的地位，以普通女孩的身分——感謝你救了我。」

我覺得橙子小姐很奇怪。

因為她總是在道謝，王國政變那次表達的謝意，甚至強烈到讓我感到過意不去。

然而她好像看透我的內心，繼續說道：

「不是的。那天我要鈴葉兄稱呼我『橙子』就是想強迫你用面對普通女孩子的態度來對待我。」

「是……」

「不過啊，當我能夠強求你這種事的時候，就已經是以女王的立場對待你了。加冕儀式時也是，登基典禮也一樣——和你往來的一直是身為女王的我。」

「這……也是理所當然吧。」

不論何時何地，即便展現出多麼親近的態度。

與他人之間仍然會有一條明確的界線。

這就是身為一國之王必然會面對的事實。

橙子小姐當然很清楚這點。

「不過沒關係，畢竟這是我自己選擇的路嘛。」

「…………」

「但是啊，現在這裡只有我們兩個人——所以讓我直呼你的名字吧？」

然後橙子小姐。

首次叫了我的名字。

「——謝謝你救了我的命，謝謝你至今一直支持我。將來也請你多多關照——」

然後突然親吻我的臉頰說聲：

「——最喜歡你了。」

她輕柔地抱住我。

籠罩淡淡的星光，身著禮服的橙子小姐近在眼前。

橙子小姐胸前那柔軟又有彈性的兩個物體靠在我身上。

「鈴葉兄，你不可以太在意喔。我的意思是朋友間的喜歡。」

我因為被她抱住，所以看不到橙子小姐此刻的表情。

「我不願意和楪爭搶，王族也沒辦法和平民結婚，即使是後來成為貴族的平民也沒有和王室成員結婚的先例，而且鈴葉要是變成小姨子肯定會非常麻煩——」

「…………」

「可是啊，可是……即使是這樣，我還是喜——！」

咕嗚嗚嗚嗚嗚嗚——

我花了幾秒鐘才理解這道宛如地獄響起的聲音究竟是什麼。

簡單來說，那是橙子小姐的肚子發出的聲響。

「……咦？該不會是肚子叫了吧？」

「忘、忘忘忘忘掉啊——！！」

橙子小姐慌忙從我身邊退開，因為害臊而滿臉通紅。

啊——我知道她又回到平時的模樣了。

「哪有什麼辦法！簽約儀式和派對時一直在忙，所以今天一整天都沒空吃東西嘛！」

「不過就算再忙，派對時至少有時間吃點壽司吧？」

「可是！我都已經和鈴葉兄約好要一起吃壽司了，時間卻完全對不上啊！」

「我明白了。這全都是我的錯。」

「唔——！鈴葉兄居然嘲笑我！我可是女王耶！」

橙子小姐鼓起臉頰，顯得很不高興。

見到她這副模樣，我的笑便停不下來。

4章 叛變、殲滅，以及凱旋遊行

1

簽署停戰協議的儀式結束後，來自各國的賓客也各自回國。

最後在威恩塔斯公國的使團踏上回程後不久，綾野回來了。

也就是說我們的生活又歸於日常。

「橙子小姐打算在這裡待到什麼時候？」

「感覺再不回去就不妙了——繼續留在這裡可能會被櫻木公爵罵，而且得等我回去之後，才能正式指揮調查山銅和徬徨白髮吸血鬼。」

「我明白了。楪小姐呢？」

「嗯？我沒關係，你不用擔心我。父親大人有來信說我可以繼續留在你身邊。」

「那真是令人慶幸……」

楪小姐理應是王國重鎮的公爵家次任家主。

不過她想做什麼並非我能置喙的事。

正當我偏著頭思考時，鈴葉笑著開口：

「看來能和之前一樣跟哥哥一起鍛鍊了！」

「是啊。簽約儀式平安結束，綾野也回來了，應該可以輕鬆一點。」

「太好了！」

鈴葉誇張地擺出勝利姿勢，這時女僕奏悄然靠近：

「……奏也想參加訓練。」

「咦？」

「奏努力地打掃城堡，所以想要獎勵。」

「也是，奏這麼努力工作，肯定要給妳獎勵——可是只要這樣就好嗎？不想要錢或是休假之類的——」

「反倒覺得多多益善。」

「既然奏說好的話，那我也沒意見……」

「太棒了……！」

先不管為什麼和我訓練會讓她們感到這麼高興，總之看到較為年少的兩人如此開心，我不禁面露微笑。

這時感覺背被戳了幾下，回頭只見楪小姐露出一臉期望的表情。

「……怎麼了嗎？」

「啊——我不是那種自恃是你的夥伴，幫了你便要求回報的沒品女人。但是——！」

「但是？」

「但是話說回來——！不是有句俗話嗎！魚幫水，水幫魚——！」

「妳想吃魚嗎？那麼今天就吃生魚片吧。」

「哇啊——」

公爵千金這樣就滿足了嗎？

話說我只是徒有其名的邊境伯爵，不曉得該怎麼滿足楪小姐這個高貴的公爵千金。

話雖如此，我在各個方面都很受她關照也是事實，所以打算等她返回王都之時，送她大量秘銀和山銅作為禮物。

「欸欸，鈴葉兄，我呢——？」

「橙子小姐？」

「雖然鈴葉兄給了我很多禮物，但我的行李還有一些空間喔？然後真要說的話啊，我更希望得到鈴葉兄送我個人的禮物，而不是給王室或女王的——」

「等一下。橙子這次不是只完成了身為女王的職責嗎？為什麼還想從鈴葉的兄長那裡得

到額外的報酬？」

「沒這回事！我也很努力耶！」

「有嗎？」

「有啊！說得具體一點，我讓送回威恩塔斯公國的那些俘虜再也派不上用場嘍！」

「咦……真的嗎？」

這樣──真的好嗎？

檪小姐察覺到我陷入沉思，於是開口：

「你怎麼了？」

「沒什麼。我只是在想，要是那些俘虜真的失去用處──說不定會引發新的戰爭。」

「為什麼？這是怎麼回事？」

「我也想知道。」

「閣下，我也對此很感興趣。」

檪小姐、橙子小姐，以及綾野都表示對我這番話感興趣，於是我開始解釋。

──總而言之，問題就在於邊境伯爵領裡，發現秘銀礦山有人盜賣礦物的情況。

雖然無從確認，但是肯定有某國軍隊涉入這個盜賣案。

最有可能的就是與王國相鄰的威恩塔斯公國。

「我們已經發現有人在秘銀礦山盜賣礦物一事，所以那些人將來無法透過不正當的管道獲得秘銀。再加上這次停戰協議給他們帶來極大負擔的話……」

「他們會再次發動戰爭，試圖奪取這裡的秘銀礦山嗎？」

「嗯。如果之前被俘的指揮官再也派不上用場，他們的財政狀況將會迅速惡化。畢竟培養優秀的指揮官需要耗費時間和金錢。」

「欸，鈴葉兄，要是整個威恩塔斯公國都和盜賣案有所關聯呢？」

「我想不會有這種情況。倘若真是這樣，他們就不會接受停戰協議了。」

楪小姐等人都陷入沉思。

不過這終究只是我的推斷，只是一種可能性。況且——

「話雖如此，威恩塔斯公國的綾野大公似乎非常優秀，所以應該沒問題吧。」

聽到我的話，橙子小姐一臉嚴肅地搖搖頭。

「不——綾野大公本人雖然優秀，但她是那種不太能理解蠢貨想法的人。」

「咦？」

綾野不知道為什麼露出震驚的表情。怎麼了嗎？

楪小姐雙手抱胸說道：

「所以你的假設是威恩塔斯公國有個因為秘銀礦山盜賣案大賺一筆的領主，資金來源斷

絕之後便自暴自棄，乾脆發兵攻擊羅安格林邊境伯爵領。是這樣嗎？」

「是的。」

「雖然這對公國來說是個愚蠢至極的選擇，但卻是很有可能發生的情況。不過正如你所說，這只是一個假設。我想在真正出事之前，我們什麼也做不了。」

「說得也是。」

「坦白說，既然你我都待在這個領地，就算遭受攻擊也不會有什麼大問題。所以我們只能觀望了吧。」

「有什麼萬一的話就麻煩妳了，楪小姐。」

「嗯。儘管交給我吧。」

＊

就在我們討論過這件事，橙子小姐返回王都的一個月後。

威恩塔斯公國與我們領地相鄰的嘉蘭度領叛變。

並且對羅安格林邊境伯爵領宣戰。

2

宣戰消息傳來時，我們正好在吃午飯。

當然了，這個消息為之後的會議掀起一陣混亂。

大家圍著矮桌邊吃蕎麥沾麵邊談論。

「真是的，那群不知死活的蠢貨到底在想什麼啊——再來一碗！」

「好的。」

滋嚕，滋嚕嚕嚕嚕。

「哥哥之前說的話真的應驗了呢。然後對方發動戰爭的動機——哥哥，我也要再來一碗，麻煩你了。」

「好好好。」

滋溜——滋溜溜——

「不，動機不重要，之後再想就行了。我們現在應該討論怎麼擊潰他們——再來一碗！然後如果能附個炸牡蠣就更好了。」

「只剩最後一個了。給妳。」

滋嚕嚕嚕嚕——咕嘟。

「啊啊……真是沒辦法，不然我——」

「你們可不可以認真討論啊！」

被綾野罵了。嗯，這也很正常。

之後我們在綾野的瞪視下趕緊吃完蕎麥麵，並把煮麵水喝得乾乾淨淨才繼續開會。

我們仍然圍繞著矮桌，這點只能請他包涵了。

「好，先來整理一下情況。鄰國對我們宣戰了——」

「真受不了。事情發展真的如你所說。」

「我也有點驚訝。我不是說威恩塔斯公國本身，而是與我們領地相鄰的嘉蘭度侯爵領似乎叛變了這點。」

就我看來，威恩塔斯公國這次應該會選擇假裝什麼都不知道。

終究只是部分叛變的領主在搞亂，與整個公國無關。大概就是這麼回事。

我想這對公國的高層來說，恐怕真的有如晴天霹靂。

畢竟不久前才在各國賓客面前簽署停戰協議，要是之後立即撕毀，將會對各方面造成巨大的不良影響。

「不過嘉蘭度侯爵領是威恩塔斯公國內屈指可數的大領地，要是他們打贏了，威恩塔斯公國也沒辦法裝作不知道吧？」

「那麼到時候會怎麼樣呢？」

「如果我們輸了這場戰爭，兩國將會緩緩再度進入戰爭狀態。要是我們贏了，公國應該會把他們視為叛軍加以捨棄吧。楪小姐覺得呢？」

「我覺得這樣的推測是合理的。」

然而楪小姐似乎仍無法釋懷。

「從理性的角度來看，我明白情況正如鈴葉的兄長所說，但是我的感性無論如何都無法接受……」

「呃，這是什麼意思？」

「因為那些人可是要和鈴葉的兄長開戰喔……？」

「……什麼？」

「他們到底是怎麼想的，才會覺得向羅安格林邊境伯爵領宣戰還能打贏呢？這真是太神奇了……這可是要和你為敵喔……？太可怕了吧。欸，鈴葉也是這麼覺得吧？」

「道理很簡單。」

「為什麼會這麼想？」

「因為哥哥實在太強，層次已經和常人完全不同。那些無能之輩根本無法認知哥哥究竟

厲害到什麼境界。」

「原來如此……可能確實如妳所說吧。依照這方面來思考，如果人們覺得我很強，也只是因為我仍有足以讓他們認知實力的破綻。看來還需要更加精進自己……」

就在楪小姐從奇怪的角度接受現況時，綾野從旁補充：

「嘉蘭度領的領主在先前的戰爭派出五十萬大軍，還負責提供軍糧，基本上承擔了大部分的戰力。他的軍隊在戰爭前期連戰連勝，然而戰爭最後止於指揮官遭到狙擊，所以軍隊整體來說幾乎完好無損。」

「唔……他們竟然用仇恨來回報哥哥寬大的心，不可原諒……！」

「鈴葉說得對。鈴葉的兄長都拿下那種驚人的戰果了，竟然還有膽量再次挑起戰端，只能說實在太過愚昧……」

「如果照常理來思考，閣下當時綁架所有指揮官的計畫是絕對不可能成功的，所以大多人都認為閣下是和威恩塔斯大公手下的叛徒聯手，才能達成如此戲劇性的成果吧。」

「原來如此……」

「不過話雖如此，即使考量到他們知道關於秘銀礦山的事，不惜叛變並興兵的理由還是太過薄弱。我們應該認為嘉蘭度領長年以來都有參與秘銀非法交易，並藉此獲取暴利。」

「應該就是這樣吧。」

感覺大家好像平靜地達成共識。

不過倒是有件事讓我特別在意。

「那個……我們的領地根本沒有多少兵力喔？」

我認為這個問題相當正經，可是——

「你在說什麼啊？就算敵人集結百萬大軍，也絕對比巨魔大樹海當時還要輕鬆。」

「他們明顯不是哥哥的對手呢。不過我當然也會跟在哥哥身邊。」

「不，乾脆讓鈴葉的兄長獨自殲滅他們比較好。如此一來再也不會出現這種蠢貨。」

「說得也是呢……就該選用這種最容易讓人理解的方式，讓整個大陸都知道對哥哥出手的話會有什麼後果。」

於是鈴葉和楪小姐達成共識。

將由我獨自一人迎戰嘉蘭度領全軍。

3

接到嘉蘭度領宣戰報告的那天晚上，我們在大廳裡召開第一場作戰會議。

「那麼，奏先說明一下狀況吧。」

「交給奏吧——」

身為女僕的奏在桌上攤開一張幾乎和地毯一樣大的地圖。

奏的身體向前傾，伸手指向地圖上的一個點，過度豐滿的胸部因為擠壓而變形。

「根據可靠女僕的情報表示，將有一百萬名士兵集結在這片平原。」

「一百萬……！」

「真虧他們能召集那麼多人。不過這也代表他們對於與哥哥為敵有多可怕，有著最低程度的理解吧？」

「但是無論聚集多少普通士兵，都絕對不可能抗衡鈴葉的兄長。若是我和鈴葉，至少要集結一百萬名亞馬遜族才可能有一點勝機……不，還是不可能贏吧。」

「不不不！我怎麼可能打得過那麼多人！」

「好吧，比起這件事——」

我無比合情合理的吐槽慘遭完全無視。好難過。

「也就是說他們打算在平原集結兵力，然後沿著蜿蜒的山路行軍嗎？對吧，鈴葉？」

「應該是吧。可是如果我們待在領地等待他們過來，那豈不是沒完沒了。」

「所以等到對方的士兵在平原集結完畢，由我們主動擊潰百萬士兵會比較快——奏，把那個東西拿來。」

「好的。」

女僕奏暫時離開大廳，隨後帶著一把極為巨大的劍回來。

我可不知道這個東西。

還有這把劍……該怎麼說呢……光是劍身就有二十公尺吧？

「你就拿著這把劍在敵陣當中揮舞吧。我想這麼一來任何蠢蛋都會明白和你敵對的意義。鈴葉覺得怎麼樣？聽起來不錯吧？」

「憑藉哥哥的實力，就算是比這把大上十倍，也就是兩百公尺的劍，應該也能夠輕易揮舞吧……？」

「我也有考慮過，但是那樣太不好控制。」

「原來如此，這樣我就理解了。」

鈴葉莫名地接受了楪小姐的說法，不過在討論這點之前，我比較好奇這把劍到底是在什麼時候做的？

「嗯，這把劍嗎？我想鈴葉的兄長要是揮舞這種大劍一定非常帥氣，所以暗地裡請人打造了這把劍。把它當成我送你的封爵禮物就好。」

「……十分感謝……」

儘管我有些退避三舍，還是好好地表達謝意。

這次的戰爭也就罷了，之後絕對會把這個好東西收進倉庫裡。

老實說，與其費心準備這種東西，不如送我壽司會更加讓我高興。但我應該沒有把想法表現在臉上。

……不過這把劍的品質真是相當優秀。

我自奏的手中接過那把劍，在無謂寬敞的會議室裡一邊注意避開牆壁一邊試著揮了幾下，楪小姐就在一旁雙手抱胸，不知為何非常滿意似的不住點頭。

「嗯……！看著你笑嘻嘻地試用我送你的大劍，感覺真好……！」

「……是啊……」

感覺要是否定她的想法，一定會讓她非常難過，所以只能點頭附和。

*

結果到了最後，我們這場作戰會議只確定一個非常簡單的計畫，也就是「由我一個人前往平原擊潰百萬士兵」而且除了我之外的所有人都一致贊同。這樣真的好嗎？

之後我就在城堡的中庭揮舞大劍，試著熟悉這把武器。鈴葉和楪小姐在這段時間便待在

庭院的一角，似乎正在擬定更加詳細的計畫。

鈴葉等人的對話隨風飄進正在試劍的我耳中。

「——等一下！為什麼我不能在唯一的夥伴獨一無二的身後守護他呢！」

「那當然啊。要是像楪小姐這樣的名人待在哥哥身邊，不管發生什麼事都會變成妳的功勞，這樣我們讓哥哥大出風頭的計畫豈不是白費了嗎？還有妳怎麼會這麼理所當然地自稱是哥哥的夥伴？」

「那、那我像化妝舞會一樣把眼睛遮住總行了吧！」

「更不行。要是傳出哥哥被神祕惡魔附身的傳聞，妳打算怎麼負責？」

「我早已做好心理準備！隨時都能對他的人生負責！」

「駁回。一看就知道妳的心裡充斥邪惡的念頭。」

「嗚嗚……無法反駁……！」

「就是這樣，哥哥由我這個毫無名氣的妹妹來保護。楪小姐請待在城裡看家吧。」

「這也未免太無情了！」

雖然不太清楚她們在談論什麼，但是見到鈴葉和楪小姐這麼親近的樣子，我這個哥哥感到非常高興。

4

威恩塔斯公國送來正式的通告。

該說正如我們所料嗎，威恩塔斯公國表示嘉蘭度侯爵宣戰完全是他的個人行為，也表明公國完全沒有違反停戰協議的意圖。

而且更周到的是公國還在公文中寫道，由於嘉蘭度領擅自宣戰，公國將放棄一切有關嘉蘭度領的權利，若是羅安格林邊境伯爵占領並控制嘉蘭度領，公國絕不會有所異議。

甚至還寫道若是王國方提出請求，公國也準備隨時提供援軍。

「總覺得這份公文給人一種『沒必要做到這種程度』的感覺……？」

待在辦公室裡的綾野接過我拿給他的公文，看了一眼內容之後說道：

「公國的公文會這麼寫，只是想強調那些撕毀停戰協議的蠢貨和公國毫無關係。」

「是這樣嗎？」

「如果我是大公，絕對會特別強調這點。然後以最快的速度優先發送同樣的公文給橙子女王和亞馬遜總軍團長，另外也會分送給其他各國。然而即使做到這種地步，頂多也只有五成的機率能避免震怒的亞馬遜族突襲威恩塔斯公國吧。」

「哈哈哈，怎麼可能。」

「所以我想請閣下親自修書給亞馬遜人。真心拜託了——！」

綾野不知為何向我深深低頭請我寫信，於是我便答應寫封信給亞馬遜人。

畢竟要是因為這件事讓她們擔心確實會感到很抱歉，所以我並不反對寫信。

我在信中寫道不必擔心，並且表示想在情況穩定下來後，前去亞馬遜老家玩一趟，請她們安心等待，另外提到不參與戰爭的亞馬遜人也非常棒，還有威恩塔斯公國也有苦衷，請她們平心靜氣在一旁守護就好。我在綾野的指導下完成這封信。

依照綾野的說法，這樣的內容在外交方面比較安全，同時其中也蘊含了對亞馬遜人的真心，是篇很棒的文章。

綾野不僅擅長一般的文書工作，還很了解外交方面的書信，果然很厲害。

然後——

綾野確認完我寫的信之後，高興得幾乎快要流下眼淚。

「太好了，真是太好了……！能在這裡工作真是太好了！」

「你高興就好……？」

雖然不清楚綾野為何這麼感動，不過就不多問了。

＊

在我即將出征之前，某個問題浮上檯面。

就是沒有人留守領地。

我雖然拜託綾野幫忙——

「我留下來是沒問題，但是城裡不能沒有其他負責人。」

「唔唔。果然是這樣嗎？」

「那是當然。你們上次只是去礦山出差，勉強還在能夠接受的範圍內。但是既然這次閣下是去打仗，就不能讓來自威恩塔斯公國這個敵國的文官坐鎮大後方守城，這樣對外實在說不過去。」

聽到綾野這番無懈可擊的論述後，待在一旁的女僕奏充滿自信說道：

「出色的女僕即使上了戰場也很有用。」

「奏確實有之前幫忙收集各種天花板夾層情報的成績……」

「不管收集情報、做飯，還是打掃，全都可以交給奏。」

好吧，再怎麼樣也不可能讓女僕擔任留守城堡的負責人。

那麼鈴葉和樸小姐如何呢？

「我絕對不可能在哥哥上戰場時自己留在家中。要是讓其他人認為我這個妹妹盯上哥哥的地位，才會自己待在城裡，把哥哥趕去戰場的話，我寧願以女騎士的身分自盡。」

「我也一樣，要我坐視夥伴獨自上戰場，那倒不如去死。而且我總是待在戰場的最前線戰鬥，要是這次留守後方，容易引來他人不好的臆測。」

「……嗯，說得也是……」

就像這樣，大家都以極其合理的理由堅持要一起上戰場。

我甚至一度考慮乾脆找城鎮地位崇高的人幫忙，但是這個提議也被其他人全力否決。

如果是不富裕的領地也就罷了，羅安格林邊境伯爵坐擁秘銀礦山與山銅，根本不可能讓平民擔任負責人。大家會有這種想法也很合理。

為了這種事而無法出征的日子一天天持續下去。

這種教人不知如何是好，令人無比煩惱的處境突然迎來結束的契機。

橙子小姐居然親自從王都趕來。

「唷唷，大家辛苦啦！」

「橙子小姐！」

「看來鈴葉兄第一次遇上戰爭也碰到不少困難呢！但是你可以放心了！既然同時身為女

王與大魔法師的我來了，就讓那些沒用的軍隊一起葬身火海——」

「來了！橙子小姐來了！這下能打勝仗了！」

「咦……？討、討厭啦，鈴葉兄真是的。這麼熱烈的歡迎就算是我也很害羞——」

「那麼橙子小姐，看家就麻煩妳了！」

「——咦？等等，鈴葉兄！這是什麼意思！」

——當時我怎麼樣也想不到橙子小姐是拋下「既然面對如此大軍，就輪到我這個魔法師出場了！而且我也想稍微回報鈴葉兄的救命之恩」這種話排除眾議，氣勢洶洶地從王城趕來這裡的。

於是我們請求（推託）橙子小姐留守，意氣風發地出征了。

5

現在的國境自然已經遭到封鎖，但在我們展示誠意之後，公國便欣然讓我們入境。

具體來說，就是在公國的國境警備隊拒絕我們入境後，鈴葉和楪小姐一腳把他們的石造值班室踹爛了。

鈴葉接著冷靜說聲「你們也是敵國的士兵，是否也該對你們這麼做呢？」隨後他們就讓我們通過了。

感覺好像見識到很過分的脅迫場面。

不過既然嘉蘭度領向我們宣戰，這應該算是合理的警告而非威脅。大概吧。

在那之後，我們花了幾天穿越山脈和森林，如今正置身在一處懸崖之上，俯瞰敵軍所聚集的平原。

在我們的眼前，數量多到嚇人的士兵密密麻麻群聚在平原上。

真是壯觀的景象。

「正如奏的情報。看來這裡的士兵確實有百萬人。」

「欸嘿。」

「哥哥，從這裡看來士兵的裝備全都不一樣，果然很可能是東拼西湊的部隊。」

「你看那邊。那裡應該就是敵軍大本營……距離這裡大約二十公里吧。」

「應該就是了。」

軍隊雖然已經集結完畢，但是敵方高層似乎還沒下達進軍的命令。

話雖如此，從這裡通往羅安格林邊境伯爵領的路只有狹窄的山道，就算對方下達進軍的命令，整支部隊也只能依照順序一一行動。

「看起來也有不少後勤部隊，不過光靠那些資源肯定無法撐到戰爭結束。」

「哥哥，後勤部隊是什麼？」

「就是負責運送食物等物資的部隊。如果物資在戰鬥時耗盡，軍隊就只能在所在的地方張羅食物了。看樣子他們打算越過國境之後四處掠奪。」

「哥哥什麼都懂！真厲害！」

「話說鈴葉明明是騎士學校的學生，怎麼會不知道呢……？」

我用懷疑的目光看向鈴葉，只見她愣在原地，櫟小姐則是迅速轉頭看往別的地方。

看來她身為王立最強女騎士學園的學生會長，心裡有些頭緒吧。

「欸，別管這種小事了！我們應該可以按照原先安排的作戰計畫進行吧？」

「應該沒問題吧。」

雖說是作戰計畫，內容基本上就是由我獨自闖入敵陣中心大鬧特鬧，非常亂來又很隨便。話說這真的稱得上是作戰計畫嗎？

不過除了我以外的其他人都有明確的職責。

櫟小姐負責避免敵軍的總指揮官嘉蘭度侯爵逃脫。

「對了，櫟小姐有找到嘉蘭度侯爵的位置嗎？」

「侯爵父子和他的胞弟們都在敵軍大本營的最深處。要是他們試圖逃跑，我會用不至於讓他們喪命的實力打敗並俘虜他們。」

鈴葉和奏則是負責掌控戰場上的情報。

「鈴葉、奏，可以嗎？」

「沒問題。我會想辦法把哥哥一個人擊潰百萬士兵的事實澈底宣揚出去。」

「不用擔心。掌控情報是女僕的基本功。」

「嗚妞——」

「……還有嗚妞子也是。」

為了預防嗚妞子出什麼問題，我們也把她帶來了。不過嗚妞子像隻醜狗一樣趴在奏的頭上，看樣子已經很習慣了。也許是我多慮了。

「那麼差不多該行動了吧？」

如此說道的我拿起櫟小姐送的那把劍身足足有二十公尺的大劍，扔向敵陣正中央。

「「什麼——！」」

我完全沒有留意鈴葉和櫟小姐因為我的動作倒吸一口氣。

「戰爭開始了。」

緊接著我也從懸崖上跳下去。

6（楪的視點）

一場風暴正在楪的眼前狂亂吹襲。

這場風暴不是自然形成，而是人為的。

也正因為如此，這場風暴充斥自然界當中絕不可能存在的驚人氣勢，宛如移動地獄一般蹂躪侯爵軍。

風暴中心僅有一名年輕人。

他揮舞劍身長達二十公尺的大劍，以極端的物理性質暴力橫掃所有攻擊範圍內的敵軍，簡直是不合理的集合體——

「……雖然由要鈴葉的兄長這麼做的我說這種話有點問題，但是他的實力到底是怎麼回事？他是戰鬥力的化身嗎……會不會太超出常理了？」

「同樣擁有『殺戮女戰神』這個綽號的樸小姐在說些什麼啊？」

「不不不，我的實力才沒有達到那種超乎常理的作弊境界喔？」

「哥哥肯定也覺得自己沒有那麼誇張。」

「妳這個說法還真直接……」

即便如此，樸仍然覺得自己和鈴葉的兄長的實力有著天壤之別。

「我絕對做不到一樣的事，但樸小姐只要好好努力應該辦得到吧？我絕對沒辦法。」

「即使是我也肯定辦不到……不，如果只要支撐五分鐘或十分鐘還另當別論，但是妳覺得我真的有能力像風扇的扇葉一樣橫掃，直到打倒百萬人為止嗎？」

「說得也是。而且哥哥已經手下留情了。」

「……手下留情？有嗎？」

在樸的眼中，他看起來就像是全力旋轉，根本沒有手下留情的餘地。

畢竟旋轉的速度實在太快，導致旁人連劍身都看不見。

氣勢驚人的龍捲風自然而然以鈴葉的兄長為中心捲起，來自劍身攻擊範圍外有如暴雨射來的箭矢一支不落全都失速，完全無法觸及正中心的他。

「請妳看仔細一點。那些士兵很有可能一個都沒死。」

「妳說什麼！」

「雖然那些士兵因為被哥哥打飛老遠所以看不出來，不過他們飛到幾十公尺高的地方之後落地，身體還在微微抽搐，我想只要三個月的時間就能完全康復吧。」

「到底是怎麼辦到那種事的！」

「我猜——哥哥應該是在劍身上施展了祕藏的治癒魔法。」

「啊……！」

「照理來說，根本想不到有人能辦到這種事，不過畢竟是哥哥嘛。」

檪也很清楚鈴葉的兄長的治癒魔法。

畢竟她自己多次被那種魔法拯救性命。

那種治癒魔法的威力之強，簡直令人難以置信。

當初檪的身體被徬徨白髮吸血鬼的右手貫穿，還有那次橙子的心臟遭到短劍刺穿，全都因為那個治癒魔法才能從瀕死狀態恢復。

「從來沒聽過有人能做出這種事……不，如果是鈴葉的兄長確實有可能……？」

「我想除了哥哥以外的人都辦不到吧。」

儘管鈴葉的假設聽起來很嚇人，但也只有這種說法能解釋眼前的景象。

檪同樣也用自己的雙眼加以確認。

儘管那些敵兵全都打飛到遠處，但是確實還活著。

目前已經有接近一半的敵軍，也就是五十萬人被擊倒了。

即使如此，仍然無法找到任何一個明顯已經化為屍體的敵軍。

於是就在櫟被過度壓倒性，同時蘊含慈悲的暴力震驚之際。

鈴葉和女僕奏的身影早已在不知不覺間消失。

「啊……對了，計畫……！」

櫟連忙凝神望去，發現嘉蘭度侯爵等人明顯已經陷入恐慌。

觀察他們的模樣，櫟判斷逃走只是時間的問題。

心想不能放過任何人，似乎是自己行動的時候了。

「這就是與夥伴為敵的愚者下場嗎——我絕對不要變成那樣……」

櫟的身體抖了幾下，隨後便迅速離開原地，執行自己的任務。

*

後來這場以戰場所在地為名，被世人稱為嘉蘭度平原會戰的戰鬥，僅僅在戰鬥開始後的短短兩小時內便分出勝負。

嘉蘭度侯爵軍投入的兵力是一百一十萬五千三百人，然而羅安格林邊境伯爵軍僅僅只有

四人。

即使如此，這場戰爭卻是以羅安格林邊境伯爵軍取得完全勝利落幕。

7

戰爭結束之後，我們凱旋返回羅安格林邊境伯爵領。

等待我回來的橙子小姐氣得要命。

「鈴葉兄，你到底把我這個女王當、作、什、麼了啊——！」

面帶笑容的橙子怒氣沖沖，用力將我的臉頰往左右拉扯。我只能趕緊解釋：

「對不起！可是因為有橙子小姐留守，我才能放心啊！」

「——鈴葉兄，詳細解釋一下。」

橙子小姐放開拉扯臉頰的手，我輕輕摸著變紅的臉頰開始解釋。

「就是因為想到橙子小姐待在城裡替我守護這個地方，我們才能放心出征啊！」

「喔……所以有我待在鈴葉兄的城裡，會讓你很放心嗎……？」

「那是當然啊。只要一想到橙子小姐（這麼厲害的人）待在自己的歸處，我就可以安心去戰鬥。」

「這、這樣啊……所以鈴葉兄是希望我等你回來嘍……是喔……」

「（就算敵人趁我不在的時候來襲也能放心）當然了！」

「這、這樣喔……那就好……」

本來還在生氣的橙子小姐不知何時變得滿臉通紅，忸忸怩怩地抬起視線盯著我，真不曉得她在害羞什麼。

總之橙子小姐的怒氣似乎已經平息，結果一切順利。

*

在我們外出的這段時間，橙子小姐和綾野似乎相處得不錯。

「我也和綾野談過了，慶祝這次戰爭勝利的派對打算在王都舉辦。對吧，綾野？」

「正是如此。為了避免人們對羅安格林邊境伯爵和橙子女王的關係產生奇怪的誤會，我們認為應該避免接連在這座城堡舉辦儀式。」

楪小姐聽到綾野這麼說之後點了點頭，相當認同她們的想法。

「原來如此。即使事情能平安落幕全都多虧了鈴葉的兄長，要是連續在他的領地舉行儀

式的話，不免會讓人們懷疑彼此的關係。若是橙子接連兩次親自前來就更……」

「是的。這樣可能會導致有人因而看輕橙子女王，明顯對僅有邊境伯爵之名的閣下阿諛奉承。」

「我個人是不介意，反正蠢貨只要加以剷除就行。不過這樣可能會給鈴葉兄添麻煩。」

「呃……謝謝妳這麼顧慮我？」

我原本只不過是個平民，就算太陽從西邊升起，別人也不可能重視我勝過身為女王的橙子小姐。不過我是個懂得看場合的男人，這種時候誠心道謝就對了。

「所以雖然對鈴葉兄不太好意思，但是之後要跟我回王都一趟！」

「我明白了。」

「我已經對王都下達指示，要他們安排盛大的慶祝派對！你就好好期待吧！」

「就算多麼盛大我也沒什麼好高興的……」

真要我說的話，更想找壽司的外燴在家裡吃一頓。

「話先說在前頭，鈴葉兄不許逃跑喔？你是這次的主角，所以一定得出席。而且屆時威恩塔斯公國的女大公也會來，外國的領導人到場主角卻不在的話，那就太失禮了。」

「咦？威恩塔斯女大公也會來嗎？」

因為事前收到對方寄來的「威恩塔斯公國不會介入這場戰爭」的公文，我原本以為他們會一直裝作什麼事都不知道。

聽到我這麼說，橙子小姐苦笑回答：

「就算公國對外如此表態，但是不管怎麼看，這一連串的事態無疑是威恩塔斯女大公未能妥善管理部下所導致的。因此女大公為了向內外證明公國對王國完全沒有敵意，而且永遠都是友邦，不得不參加這場慶祝派對。」

「是這樣嗎？」

「所以我們也會在表面上給公國下台階，但是背地裡讓他們付出相應的代價——我這幾天一直都在和綾野討論要讓公國提出什麼補償。」

「喔～？」

依照我的認知，橙子小姐應該會和楪小姐商量這方面的事，感覺有點意外。

楪小姐注意到我的視線，聳肩說道：

「我不太擅長這種在暗地裡的勾當。」

身為公爵家下任家主，這樣真的好嗎？

雖然有這種想法，但是聰明的我沒有把話說出口。

之後又過了幾天。

我將留守領地的任務交給楪小姐，和鈴葉還有橙子小姐兩人一起踏上前往王都的旅程。

8（威恩塔斯女大公的視點）

大約位在連接羅安格林邊境伯爵領和王都的道路中間，一間料理店靜靜地佇立在這裡的商業城市裡。

乍看之下，只是間城裡很常見的餐廳兼居酒屋。

然而只要沿著廚房後面的狹窄螺旋樓梯向上，眼前便是足以比擬王宮的奢華空間。

綾野發現她要找的老紳士坐在裡面的桌子旁邊啜飲鐵觀音茶，於是輕輕舉起手。

「讓您久等了嗎？」

「無妨。我正好在擬定買賣的策略。」

綾野知曉對方口中所謂的買賣策略，在過去曾導致多個國家消失，不禁露出僵硬的表情，來到老紳士的對面坐下。

在多洛賽魯麥爾王國裡，這名剛步入老年的男子又被稱為大老闆。

知曉這個男人真實身分的人少之又少，屈指可數。

「好久不見了，老先生。」

「不必拘禮。直接談正事吧——在那座城裡度過的日子很有意義吧？」

「是的，非常有意義——要是我沒有潛入那座城堡，威恩塔斯公國很可能會在幾年內消失吧。」

這種可能性極高，若是綾野沒有採取行動，可以預見公國將會迎來另一個未來。

根據綾野的觀察，可以理解一件事。

那就是羅安格林邊境伯爵絕對是名十分優秀的文官。

即使沒有綾野的協助，羅安格林邊境伯爵肯定也會在不久的將來注意到以秘銀礦山為舞台，持續發生的一連串非法行徑。

然而羅安格林邊境伯爵領無比缺乏文官。

再加上儘管羅安格林邊境伯爵個性善良且溫和，卻是個以務實為優先的人，更不是故事裡常見的那種為了正義感挺身而出的人。

因此即便發現非法行徑的苗頭，也可能不得不暫時加以放置。

然後——

「現在回頭來看，嘉蘭度侯爵能夠集結百萬大軍，也是因為長期以不正當的管道獲取鄰國的秘銀吧。」

「應該是吧。」

「然而羅安格林邊境伯爵揭露並制止非法盜賣秘銀，成為了最後的引爆點，嘉蘭度侯爵自己簽下死刑執行書。」

「唔嗯。」

「不過要是這一連串的事晚點曝光，我想侯爵可能不會選擇那種愚蠢的行徑。他應該會逐步挑起公國不安的情緒並加速非法獲取秘銀，然後暗中增加同志與兵力，將整個威恩塔斯公國捲入其中——」

「屆時便會是由羅安格林邊境伯爵摧毀一切吧。」

「肯定會如此。再加上那些亞馬遜族也不可能坐視不管……」

綾野真的很慶幸情況沒有演變到那種地步。

她回憶起那天發生的事。當初還在猶豫是否應該潛入羅安格林邊境伯爵領時，眼前的老紳士突然出現在自己面前，表明他能為自己提供合理潛入的手段，然而代價是高額的報酬。

綾野經過一番思考後接受老紳士的提議，她覺得這點真的非常值得慶幸。

老紳士看著綾野的模樣，就像看著一個勉強及格的差勁學生。

「那麼妳接下來打算怎麼做？」

「我會以威恩塔斯大公的身分出席王國的勝利遊行。不可能拒絕對方的邀請。」

「這也是理所當然。我問的是之後的計畫。」

這番話的意思，意在詢問綾野之後是否會繼續潛伏在羅安格林邊境伯爵領。

照理來說，綾野應該只有返回自己的國家這個選項。

她已經充分理解羅安格林邊境伯爵的為人，威恩塔斯公國瀕臨毀滅的危機也已經解除。

從結果來看，綾野不太放心自己的手下，他們沒能好好控制嘉蘭度侯爵，還讓他引發叛亂，此外替身曝光的風險愈來愈高。

但是綾野搖了搖頭。

「我打算在羅安格林邊境伯爵領多待一段時間。」

「……喔。為什麼？」

「因為女人的直覺告訴我這麼做比較好。」

絕不能輕視直覺，這是綾野暗藏在心中的信念。

綾野過去也只不過是毫無權力的大公之女。

就是因為她相信自己的直覺與才智並不斷付諸行動，這才使她成為威恩塔斯女大公，並且成功阻止公國滅亡的危機。

綾野彷彿想展現對於自己選擇的自信，優雅地將鐵觀音茶的茶杯送到嘴邊——

「喔。是迷上了嗎？」

「噗噗————！」

綾野猛然將口中的鐵觀音茶全部噴出來，直接命中那名公認是各項重大事件幕後黑手的男人，讓他的臉全濕了。

於是作為懲罰，世上誕生了被迫綁雙馬尾整整一個月的女大公，這又是另一個故事了。

9

抵達王城之後，我自橙子小姐的口中得知整場儀式的安排，不由得皺起眉頭。

「派對也就算了，還要辦凱旋遊行嗎……？」

「對。白天得搭馬車巡遊整座王都，晚上則是參加貴族的派對。」

「感覺我好像要供大家觀賞耶？」

「那是當然，凱旋遊行就是這樣。不過鈴葉兄確實不是喜歡出風頭的那種人，也難怪你會感到顧慮。」

既然橙子小姐也清楚的話，真希望能把那個行程取消。

屆時觀眾當中肯定會有在王都認識的人，要我像個貴族露出爽朗的笑容對所有人揮手致意，一定會很羞恥。

而且還有一件事。

我的心靈沒有象徵威嚴的小鬍子。

聽到我如此極力主張，橙子小姐突然用像是看著可憐孩子的眼神看向我。

「心靈的威嚴小鬍子是什麼啊——算了，反正我已經向民眾發出通知，現在已經沒辦法變更計畫了。」

「可惡。」

「而且我也會和你搭同一輛馬車，到時候拜託不要露出沒出息的表情喔？」

「橙子小姐也會一起嗎？」

「原本計劃搭乘另一輛馬車，可是近衛騎士團說和你待在一起比較便於保護。而且我和鈴葉兄待在一起的話，你一定會好好保護我吧？」

「那是當然，我一定會盡我所能保護妳。」

「所以到時候請你多關照嘍——」

如此說道的橙子小姐揮揮手，結束這段對話。

畢竟橙子小姐也沒有閒工夫能一直聽我抱怨。
因此我詢問了鈴葉的意見。
「欸，鈴葉也覺得這樣比較好嗎？」
「當然了。據說橙子小姐還特地為我們準備成對的禮服，我從現在就開始期待了！」
原來她早已被收買了。

*

然後終於來到凱旋遊行當天
一看到我們即將搭乘的馬車瞬間，我稍微恍神了一下。
「三匹白馬拉的馬車到底是……？」
「哈、哈哈哈……我先聲明一下，這可不是我的指示喔？」
「還有鈴葉和橙子小姐穿的都是同樣款式的白色禮服，真的讓人很想吐槽這是哪來的皇家婚禮遊行喔。」
「原來是為了這個嗎！」
橙子小姐滿臉通紅地瞪著騎士團團長，馬車似乎就是他準備的。

然而對方露出似乎很滿意的笑容，對著橙子小姐豎起大拇指。這麼鋪張果然會讓人覺得很不好意思吧？

至於鈴葉見到馬車後卻意外興奮。

「鈴葉不會覺得這樣很不好意思嗎？」

「雖然不是完全不覺得，但是能穿上漂亮的禮服和哥哥一起坐上白馬拉的馬車，讓我高興的心情遠大於不好意思吧。」

「這、這樣啊。」

看來白馬馬車和禮服果然都是會讓女孩子感到高興的事物。

即使身邊的男人是哥哥……這樣也行嗎？

就在我陷入思索之際，鈴葉突然雙手一拍，靈光一閃想到一個點子。

「要不然在遊行的時候，哥哥一直用公主抱的姿勢抱著我怎麼樣？這麼一來就能用我的身體和胸部遮住哥哥的臉喔？」

「嗯……好像不錯……？」

「當然不可以！」

鈴葉的點子立即遭到橙子小姐否決，於是我們最後只能乖乖並排坐下。真遺憾。

在遊行開始之前，我以為不會有多少觀眾。
畢竟這次的情況和先前那場被王子們搞砸的戰爭不同，甚至沒有派兵到前線。
而且幾乎沒有對市民的生活造成影響，甚至覺得他們可能感覺不到發生了戰爭。

——但是我的預想完全落空。
王城的大門敞開時，乘坐在馬車上的我們眼前——
是大馬路兩側擠滿群眾，一路延伸到遠處的景象。

這副景象看得我一臉愕然，身邊的橙子小姐卻是很自然地向群眾揮手。
「好了，鈴葉兄也要面帶笑容揮手。鈴葉也一樣。」
「啊，好、好的……」
馬車沿著大馬路向前行。
每當我們朝著群眾揮手，他們便會以加倍熱情對我們揮手。
集結在此的群眾全都面帶笑容。
不久後大家的聲音自然而然合而為一。

「救國英雄！萬歲——！」

「橙子女王！萬歲——！」

「羅安格林邊境伯爵！萬歲——！」

接著歡呼聲化為陣陣巨浪，衝上王都的天空。

一直看著這一幕的我們，感覺就好像置身於童話故事裡。

11

凱旋遊行過後，整座王都依然沉浸在狂熱的餘韻中。

即便與民同歡的活動結束了，這股氛圍卻好像永遠不會消退。

橙子小姐告訴我，由於整個王都的居民都很激動興奮，導致貴族的馬車無法順利通行，因此派對的開始時間延後了。

「為什麼大家會這麼高興……？」

橙子小姐聽到我提出的疑問，露出明顯的苦笑。

「那是當然啦。王都不久前才因為政變陷入大混亂，戰事大獲全勝也是捏造出來的大謊言——隨後你這位救國英雄出現了，先是在不犧牲任何居民的情況下獨自奪回領地，接著又一個人擊潰百萬大軍喔？真是的，國民還有什麼理由不瘋狂慶祝呢？」

「如果這麼說的話是沒錯啦……？可是橙子小姐當初登基成為女王時，不是也造成了很大的轟動嗎？」

「是啊——不過終究只是被囚禁的公主。」

「確實是這樣。」

「那麼比起被囚禁的公主，一名拯救公主的平民男子氣宇軒昂地出現在大家面前時，大家的情緒肯定會更加澎湃吧？」

「……真的是這樣嗎？」

「就是這樣。」

既然橙子小姐都這麼說了，看來情況就是這麼回事。那就沒辦法了。

至於鈴葉，她從遊行結束後就一直哭個不停。

看來遊行的時候一直勉強忍耐。

「我、我啊——！我真的很高興自己是哥哥的妹妹——！」

看起來真的非常感動。

當我摸摸鈴葉的頭想安撫她時，她便將頭埋在我的胸前緊緊抱住我。

感覺好像回到了孩提時代。

*

就我所知，貴族的派對基本上就是一連串的問候。

今天的凱旋派對也不例外。

不過最大的不同之處，就是我居然被迫上台向賓客說幾句話。

通常只有地位崇高的重要人物才得這麼做啊。

手持麥克風的橙子小姐突然就把這個任務塞給我。

順帶一提，所謂的麥克風是用魔法放大聲音的裝置。

「來吧，鈴葉兄！對大家說句話！」

「我、我該說什麼……？」

「隨便說點什麼都好，快點！」

既然隨便說什麼都可以，於是我大肆讚美橙子小姐一番。畢竟在貴族的派對上讚美女王應該不會出問題，況且這也是我的真心話。

橙子小姐似乎因為我突如其來的全力讚美感到害臊，看起來非常不自在，但是我覺得這是她突然要我上台說話的錯。

我好不容易結束問候下台，便被櫻木公爵叫住。

雖然有一段時間沒見到公爵，但是一直受到他的女兒，也就是楪小姐的百般關照。

「好久不見了，公爵大人。」

「嗯。楪有幫上忙嗎？」

「當然有。楪小姐真的幫了我很多很多——」

就在我們閒聊的途中，突然注意到一個不尋常的現象。

有人在櫻木公爵背後排起隊伍。

而且不是只有一兩個人。

不久之後，幾乎所有參加派對的貴族都來到櫻木公爵背後排成一列。

「那、那個……公爵大人？」

「——樸雖然是我的女兒，但也是個固執的人，絕對不會容忍背叛的行徑……什麼？怎麼了嗎？」

「公爵大人後面排了很長的隊伍喔？」

「那不重要。不用理他們。」

「可是那些人都在等著向公爵大人問候吧……？」

「哪有這種事。那些人都是想找你說句話。」

「啥啊！」

「你不僅是救國英雄，這次還取得前所未有的驚人戰果，以致於你身為王國貴族的地位無比穩固——那些你不認得名字和長相的人，全都拚命想要和你拉近關係。」

「這樣會不會讓他們等太久了！是否不應該繼續與公爵大人閒聊啊！」

「不要緊，再陪我一會兒。好戲接下來才要開始。」

公爵看著舞台如此說道，正好先前暫離的橙子小姐帶著威恩塔斯女大公再次登場。

橙子小姐和威恩塔斯女大公一同講述這場戰爭的來龍去脈。

就威恩塔斯公國官方而言，他們本就無意在簽署停戰協議之後發動戰爭。

但是嘉蘭度領發起叛亂，甚至還對羅安格林邊境伯爵領宣戰。從那一刻起，嘉蘭度領就與威恩塔斯公國毫無關係。

因此即便嘉蘭度領輸了這場戰爭，威恩塔斯公國也不會干涉後續處理。
這些全都是我已經知道的事……但也到此為止。
我與站在台上的橙子小姐四目相對。
不知為何，她的表情看起來就像安排了一場大規模惡作劇。
隨後橙子小姐便說出一件令人無比震驚的事。
「我們討論過今後該如何處置嘉蘭度領。其實仔細一想，羅安格林邊境伯爵這次被迫挑起紛爭，同時也是完美回擊敵方的一方，所以——」
說到這裡，橙子小姐微微一笑：
「我們決定將嘉蘭度領的領地，以及附屬的一切全都交由羅安格林邊境伯爵管理！」
「……什麼？」
我完全不明白台上的橙子小姐在說什麼。
正當我愣在原地之時，櫻木公爵拍拍我的肩膀。
「就是這麼回事。嘉蘭度領和羅安格林邊境伯爵領不同，那裡有天然良港和大片種植穀物的區域。這可以遠遠超過英雄傳說的豐功偉業。」
「呃，公爵大人？我剛才沒有聽清楚……橙子小姐似乎說由我接管嘉蘭度領……？」
「這不是聽得非常清楚嗎？你的認知正確無誤。」

「咦咦咦！」

「這麼一來終於能夠進入正題。我想現在的領地已經讓你忙不過來了，我可以提供一些人才給你，意下如何？我好歹是公爵家的家主，手下各式各樣的人才都很齊全喔？」

「呃，這個嘛——」

「我們公爵家還有兩名已經受過王妃教育，應該要嫁給王子的女孩，她們當然很了解威恩塔斯公國的情況，也精通於領地管理。除此之外還有數十名學習過貴族如何經營領地的女孩子，只要你願意的話，我可以把她們全都召集過來，讓你來一場大型面試。另外也有些和你的妹妹鈴葉年紀相仿的優秀騎士，此外——」

公爵興高采烈地列舉自家領中的優秀人才，但是因為情況實在太過出乎我的意料，完全沒有把他的話聽進耳中。

不過我的腦袋總算是理解一件事。

——自我莫名成為貴族那一天起，至今才過了短短幾個月。

我的領地似乎就增加了不只一倍——！

epilogue

終章

鈴葉的兄長此刻被櫻木公爵擋住去路，來回看著長長排成一列的貴族們和公爵，顯得不知所措——望著那一幕的橙子不禁感到有些解氣，臉上浮現滿意的壞心笑容。

「哼哼——偶爾也該讓鈴葉兄傷腦筋一下呢。」

「喔？橙子女王經常受到羅安格林邊境伯爵關照嗎？」

聽到綾野女大公的問題，橙子微微鼓起臉頰。

「誰叫鈴葉兄每次都在我遇到困難的時候帥氣登場，然後一臉平靜地解決問題。偶爾想看看他的弱點也是人之常情吧？」

「有這麼時常受到他的幫助嗎？」

「那還用說。光是鈴葉兄成為羅安格林邊境伯爵後，愚蠢的兄長對威恩塔斯公國發起的戰爭就以意想不到的大勝告終。他還發現了前邊境伯爵隱匿的秘銀礦山，使得財政的難題有望解決。更在簽約儀式上震攝那些愚蠢的國家，讓他們打消想趁我國因為戰爭國力低下時動手的念頭。甚至還在與嘉蘭度領的戰爭當中大獲全勝，給大陸諸國留下我國是大陸第一霸權國家的強烈印象！」

事到如今，已經沒有任何國家膽敢侵犯王國吧。

鈴葉兄帶來的兩次大勝，給予諸國的印象就是如此深刻。

這對因政變和無謀的戰爭疲憊不堪的多洛賽魯麥爾王國而言，實在是求之不得的優勢。

「……現在想想，要是我沒有讓鈴葉兄就任羅安格林邊境伯爵這個職位，我國現在的處境可能會相當危險。」

「也不到那個程度吧。貴國與亞馬遜族應該在此之前便已締結密約了。」

「妳連這件事都知道嗎！唉……妳要不要乾脆加入我國？」

「如果能用我交換羅安格林邊境伯爵前往我國，我很樂意。」

「絕對不行。」

綾野平靜說句「我想也是」回應橙子。

此刻兩人的目光，都集中在尚未擺脫櫻木公爵的鈴葉兄長身上。

櫻木公爵應該是故意以能讓她們聽到的音量開口。

這是在向眾人表示他早已搶占先機。

即使公爵以露骨的態度大肆宣揚，但身為當事人的鈴葉兄長似乎沒能理解這麼做的意義，使得綾野覺得這又是令人一樂的場面。

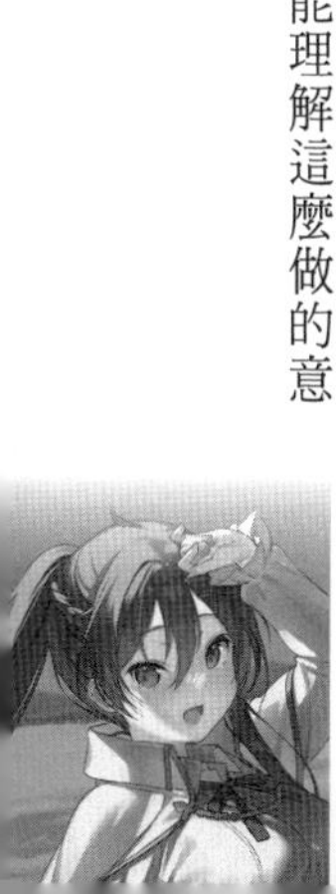

「……要是沒有邊境伯爵，現在會是什麼局面呢？」

綾野並非真心想知道答案。

只不過是不禁脫口而出的假設。

橙子一邊盯著鈴葉的兄長，一邊屈指算道：

「如果沒有鈴葉兄，首先我便絕不可能成為女王——啊，不過兩名王子一定會發動政變，不管哪方奪得王位我都會被殺。然後失意的楪化為行屍走肉，亞馬遜人趁機發動戰爭，最終我國將會滅亡吧？」

「……這個預想太過現實了……」

「難道還能想像其他情況嗎？」

「很遺憾，沒辦法。」

「總之我和王國的命運都被鈴葉兄拯救了好多次呢。」

「真是令人羨慕。」

綾野是真心這麼認為。

若是鈴葉的兄長出生在自己的國家——

自己肯定也會像現在的橙子一樣露出靦腆的笑容——

「……我開始感覺火大起來了。乾脆針對你們的弱點出手吧。」

「咦？什麼意思？」

「妳沒有注意到嗎？現在的多洛賽魯麥爾王國有個致命弱點。更準確來說，這個弱點與橙子女王以及邊境伯爵有關。」

「咦？咦？」

看到綾野自信滿滿的模樣，橙子顯得有些慌張。

畢竟眼前的人是靠著自己在軍事及政治方面的才能，最終登上女大公地位的綾野。

橙子比任何人都能正確評價她的能力。

況且綾野也不是會在這種場合故弄玄虛的人。

「什麼弱點啦！欸，快告訴我！」

「該不該說呢……？」

「真的拜託妳了！就算我欠妳一個人情也行！」

「太棒了」綾野在心中擺出勝利姿勢。

因為賣給目前勢頭正盛的橙子女王的人情價值極高。

再加上橙子女王的個性並非會忘記人情的類型。

「——壽司。」

「啥？」

綾野突然脫口說出的神祕話語，讓橙子不禁張大嘴巴。壽司？

「妳不知道嗎？羅安格林邊境伯爵似乎非常喜歡壽司。」

「嗯、嗯。然後呢？」

「我舉個例子，假如我將有所往來的一流壽司師傅送去邊境伯爵身邊，以示我疏於治理的歉意——」

「啊啊！」

橙子不禁驚呼出聲，連忙捂住自己的嘴。

很不妙，真的非常不妙。

因為這正是她還沒有履行讓鈴葉兄壽司吃到飽的最主要原因——！

「依照邊境伯爵的性格，即使能拒絕奢華的禮物，應該不會拒絕壽司。而且要是加上他不接受的話便會浪費壽司的食材，那麼更加拒絕不了。」

「我可以想像鈴葉兄笑容滿面吃壽司的模樣——！」

「邊境伯爵總有一天會對壽司師傅推心置腹，甚至把他當作家人一樣——」

「那樣真的不行啦！」

老實說，橙子不認為鈴葉兄會被壽司師傅操控。

然而——

當對自身影響力毫無自覺的鈴葉兄，和手藝出色但不了解國際情勢的壽司師傅湊在一起時，一個絕對不會有什麼好結果的故事便就此展開——她們確信會有如此後果，也是因為這同樣是事實。

「而且任何擁有些許財力的人都能推動這件事。」

甚至連個普通貴族都辦得到。

如果綾野處於和櫻木公爵身後排隊，等待和鈴葉兄說句話的貴族一樣立場，她絕對會以慶祝打勝仗為由，派遣壽司師傅去他的領地。

即使師傅被送回來，也只不過花了一點錢而已。

「我、我我我該怎麼辦！」

「再一個（One more）人情。」

「成交！」

「——那好吧。」

綾野面無表情地點點頭。

但是她在心裡大聲哭喊：「成、成成成成成成功啦——！」

如今統治這個大陸最具威望的王國，地位無可動搖的女王橙子欠了她兩個人情。

其價值可以說等同於打贏一場戰爭，這點並非比喻，而是事實。

謝謝你，羅安格林邊境伯爵。

多虧有你，橙子女王才會智商大減——綾野在心中獻上本人聽到只會感到困擾的感激。

「如果是我，解決辦法只有一個。」

「該怎麼做！」

「引發問題的主因是壽司師傅常駐在他的領地，那麼只要別讓師傅常駐在那裡即可。如果可以的話就每週，至少每個月一次由橙子女王親自帶領壽司師傅拜訪他就行了吧。」

「咦——！可是羅安格林邊境伯爵領非常偏僻耶！」

「那又如何？只要用王國密藏的魔道具之類的東西過去就好。」

「王國確實有魔道具——！可是每用一次就得消耗王室年度預算的十分之一——！」

「這可不能讓羅安格林邊境伯爵知道呢。否則他會不高興的。」

「唔、唔……！」

橙子一邊認真苦惱，一邊低聲唸唸有詞「但這樣就有藉口每個月去見鈴葉兄……！」這種話。然而綾野早已知曉她會作出什麼決定。

綾野在一旁無奈地微微聳肩。

綾野心想。

要是將來這個大陸就這麼由多洛賽魯麥爾王國統一。

那麼一定會像如今的橙子女王一樣。

是個和平到令人訝異，安穩的治世吧——

postscript

後記

各位好久不見。

由於故事的內容相當偏頗，我在第一集發售時也相當擔心「這本書是否賣得出去」結果卻出乎我的意料，獲得不少好評，第二集也因此得以出版。

此時此刻的我深刻感受到購買本作的讀者們帶給我的溫暖。

另外我希望巨乳好騙女主角女騎士學生能更加流行（心願）。

話說回來。

由於書名帶有「女騎士學園」這幾個字，所以我也想多寫寫有關女騎士學園的劇情，但是實在很困難。

至於原因嘛。

在一開始的設定裡，那所學校是為了培養國內頂尖的超級菁英女騎士而設立的學校。

但在這部作品中，戰鬥方面的世界觀實際上並非西式的那種團戰。

而是更近於時代劇、無雙類型、武俠類型，也就是有個角色能力極強的那種風格。

——總之就是能夠一個人輕易打倒龍的輕鬆奇幻作品，或許和諸多類似的作品有所差異，但我想差不多就是這種風格……

回到女騎士學園這個話題，這所學園培育出什麼樣的女騎士是個問題。

而且這部作品有兩名強到嚇人的女騎士學生。

就是這樣。

我嘗試思索像是「最強女騎士學園死鬥篇」之類的故事，最後只能想出鈴葉和楪在學園裡無人能敵，進而觸發學園百合的故事，所以只能放棄這個方案。

或許將來哪天能想出不錯的故事，屆時也許就會突然進入女騎士學園的篇章。

在第二集的出版過程中，也跟第一集時一樣，受到許多人的協助才能成書。

在網路上給予評價並留言的大家，還有在推特之類的地方幫我推廣作品的各位。

總是能替我把有問題的內容修正回來的編輯M下大人。

幫忙繪製既色又可愛的插圖的なたーしゃ大人。

還有作品設計和營業部門的各位，以及所有與本作有所關聯的各位。

然後最重要的是購買本書並且閱讀的讀者大人。

我由衷地感謝各位。

雙星的
天劍士
HEAVENLY SWOR
TWIN STARS
七野り
Riku Nanano
[插畫] cura
1
Kadokawa
Fantastic Novels

虛位王權 1~4 待續

Kadokawa Fantastic Novels

作者：三雲岳斗　插畫：深遊

八尋等人尋找讓魍獸化的日本人復活的手段。
這時遺存寶器已經與絢穗完成了一體化——

八尋等人前往京都尋找讓魍獸化的日本人復活的手段，然而比利士藝廊的裝甲列車被中華聯邦軍絆住。中華聯邦軍要藝廊交出遺存寶器。不過，這時候遺存寶器已經與絢穗相合，跟她完成了一體化。為保護絢穗，八尋與彩葉決定出面查明魍獸攻擊的原因。

各 **NT$240~260/HK$80~87**

轉生為故事的黑幕～以進化魔劍和遊戲知識傲視群倫～ 1~2 待續

Kadokawa Fantastic Novels

作者：結城涼　插畫：なかむら

「我的劍就是為了這種時候存在的。所以──」
連的故事，又有了重大的變化──！

和聖女莉希亞與其父克勞賽爾男爵談過之後，連決定暫時留在男爵宅邸，一邊處理男爵家的工作，同時一邊在公會當冒險者發揮本領。而為了協助男爵家，他在莉希亞的目送下前往某處，邂逅了一位意料之外的少女。她和掌握故事重要關鍵的人物有關……？

各 **NT$260~300/HK$87~100**

轉生就是劍 1~7 待續

Kadokawa Fantastic Novels

作者：棚架ユウ　插畫：るろお

自汪洋大海來襲的災厄！
海上的火熱激戰，開打！

經過跟獸王的討論，師父與芙蘭決定前往獸人國，於是擔任護衛坐上獸人國的直屬船。兩人在汪洋大海中遇到海盜與魔獸，與水龍艦的戰鬥也勾起了他們在錫德蘭的相似回憶。航海之旅讓他們期盼能夠與錫德蘭的朋友重逢──

各 **NT$250~280/HK$83~93**

國家圖書館出版品預行編目資料

妹妹進入女騎士學園就讀,不知為何成為救國英雄的人竟是我。 / ラマンおいどん作 ; 陳彥穎譯. -- 初版. -- 臺北市 : 臺灣角川股份有限公司, 2024.01-

冊 ; 公分. -- (Kadokawa fantastic novels)

譯自 : 妹が女騎士学園に入学したらなぜか救国の英雄になりました。ぼくが。

ISBN 978-626-378-407-9(第2冊 : 平裝)

861.57 112019540

Kadokawa
Fantastic
Novels

妹妹進入女騎士學園就讀，不知為何成為救國英雄的人竟是我。2

（原著名：妹が女騎士学園に入学したらなぜか救国の英雄になりました。ぼくが。2）

2024年1月8日　初版第1刷發行

作　　者：ラマンおいどん
插　　畫：なたーしゃ
譯　　者：貓月齋

發 行 人：台灣角川股份有限公司
總　　監：呂慧君
總 編 輯：蔡佩芬
主　　編：林秀儒
副 主 編：楊鎮遠
設計指導：陳晞叡
美術設計：黃永漢
印　　務：李明修（主任）、張加恩（主任）、張凱棋

發 行 所：台灣角川股份有限公司
地　　址：104台北市中山區松江路223號3樓
電　　話：（02）2515-3000
傳　　真：（02）2515-0033
網　　址：www.kadokawa.com.tw
劃撥帳戶：台灣角川股份有限公司
劃撥帳號：19487412
法律顧問：有澤法律事務所
製　　版：尚騰印刷事業有限公司
ＩＳＢＮ：978-626-378-407-9